매일 아침 여섯 시, 일기를 씁니다

매일 아침 여섯 시,
일기를 씁니다

박선희 지음

세계는 허무해, 그래도 사랑하지

십 년 정도, 매일 아침 여섯 시에 일어나 일기를 썼다. 아침 여섯 시에 일어나 일기를 쓰게 된 이유는 어쩌면 별것 아니다. 누구나 자기가 희미해져 가고 있다는 초조함에 시달린 시간들이 있을 텐데 나 역시 그런 순간을 겪었고, 십 년 전 그때가 그랬다.

　나라는 사람은 없고 내가 해야 할 일과 나의 역할만 남은 것 같았다. 누구의 아내, 누구의 딸, 누구의 엄마……, 박선희는 어디로 갔지? 이대로 영영 박선희 없이 박선희의 삶을 살아야 하는 건가 생각하니 캄캄했다. 그 감정에 지고 싶지는 않았다.

　어떻게 하면 나를 지킬 수 있을까 생각하다가 아침 여섯 시라는 시간을 나에게 주기로 했다. 그때의 나에게는 온전히 나에게 몰두할 수 있는 시간이 필요했고 내가 마련할 수 있는 시간은 고작 새벽의 몇 시간뿐이었다.

　운 좋게 그 무렵 만났던 친구와의 약속이 첫발을 뗄 수 있게 해주었다. 그때 내 고민을 들은 친구가 말했다.

"뭘 하고 싶은데?"

"글을 쓰고 싶은 것 같아."

"그럼 써 봐."

"못 써."

"그냥 써. 아무거나. 내가 답장해 줄게."

답장해 준다는 그 말이 망설이던 내 마음을 붙들어 주었다. 누군가 나의 글을 읽고 답장을 해준다고 생각하니 기분이 묘했다. 아직 쓰이지도 않은 나의 이야기를 읽고 돌아올 말을 먼저 상상했다.

다음 날 아침 여섯 시에 일어나 컴퓨터를 켰다. 겨울이었고 밖은 아직 어두웠다. 라디오를 낮게 틀어놓고 나는 무엇을 써야 할까 고민했다. 나에 대해서 쓰고 싶었다. 그런데 나의 무엇에 대해 써야 할지 떠오르지 않았다.

그러다가 '나는 어떤 사람일까? 나를 나로서 존재하게 하는 게 있다면 그건 언제 만들어진 걸까?' 하는 생각이 들었다. 그래, 결정적인 순간. 그날의 일기 제목은 '결정적인 순간'이 되었다. 기억을 더듬고, 말을 고르고, 썼다 지웠다 반복하며 일기를 완성했다. 마침표를 찍고 다시 한번 읽으며 나는 오랜만에 나를 확인했다. 이름을 되찾을 수 있을 것 같았다.

그때부터 십 년, 나는 아침 여섯 시에 일어나 일기를 썼다. 친구의 답장은 물론 오래 이어지지 못했다. 나에게 나의 생활이 있듯 친구에게는 친구의 생활이 있었으니까. 그렇지만 십 년 전 그 겨울, 캄캄한 마루에 앉아 무얼 쓸까 고민하던 그때가 나라는 사람이 만들어진 두 번째 결정적인 순간이었던 것은 분명하다. 지금의 나는 그때 그 순간이 있어서 가능하다고 믿는다.

간절하고 자유로웠던 아침의 한두 시간이 열 시간, 스무 시간, 삼백 시간이 되었고 어느새 삼천육백오십 시간을 넘었다. 어떤 계절의 여섯 시는 햇빛과 기온이 알맞아 문을 열어두기만 해도 벅찼다. 어떤 계절의 여섯 시에는 해가 먼저 일어나 나를 반겨주었고, 어떤 계절의 여섯 시는 너무 어두워서 일어나기 전에 몇 번이나 시간을 확인해야 했다. 일어나지 못한 날들은 있었지만 일어나 후회한 적은 한 번도 없었다.

일기를 쓰는 동안 여러 가지 일들에 대해 곰곰이 생각할 수 있었다. 내가 봤던 것 중에 잊히지 않고 남은 것에 대해 썼다. 내가 겪었던 일 중에 말하고 싶은 것에 대해 썼다. 그때마다 내 마음이 어떻게 흘러가는지에 대해 썼다. 나에게 집중해서 나를 알아가며 나는 점점 명료해졌다. 내가 무얼 좋아하고 싫어하는지 알게 되었다. 어떻게 행동했을 때 만족하고 어떤 일에 괴로워하는지도 알게 되었다.

나는 가급적 나에게 좋은 일을 해주며 시간을 보낼 수 있었다. 그리고 찬찬히 세계를 관찰했다. 찬찬히 살펴보니 세계가 어떤 곳인지 알 것 같았다.

어렸을 때 나는 삶이 그저 좋은 것이라고 믿었다. 내가 믿었던 세계는 버겁고 가혹한 얼굴을 갖고 있지 않았다. 실제로 부딪혀 본 세계는 분명 버겁고 가혹했다. 버티고 버티던 어느 날엔 왜 사는 걸까, 이렇게 사는 게 어떤 의미가 있을까 하는 질문에 시달리다 허무해지기도 했다. 그런데도 그 사이사이 빛나는 순간들이 꼭 있어서 나는 아무리 해도 사는 일이 싫어지지는 않았다. 버겁지만 빛났고 가혹하지만 소중했다. 헤매고 방황해도, 돌고 돌아도 결론은 같았다. 나는 그런 결론을 내리는 사람이었고, 내가 그런 사람이라는 걸 알게 되어 좋았다. 이 깨달음은 나를 지탱해 주는 커다란 지지대가 되었다.

내 안을 열심히 바라보며 매일 일기를 썼을 뿐인데 그 시간들이 쌓여 이렇게 놀라운 선물을 주었다. 그래서 누구에게든 말하고 싶다. 무엇으로도 마음이 채워지지 않는 당신에게, 허공을 딛고 서 있는 것 같은 당신에게 말하고 싶다.

써요, 그게 뭐든.
내가 답장해 줄게요.

차례

2장 오사카의 일기장

3장   작별의 노래

1장 결정적 순간

당신의 결정적인 순간은
언제인가요?

초등학교 2학년 때부터 산동네에 살았다. 집에서 나와 학교에 가려면 긴 언덕을 내려와서도 한참을 더 가야 했다. 가방은 왜 그렇게 무거웠던지, 그런데도 그 무거운 가방을 메고 잘도 뛰어서 학교에 갔다.

그 아침들에 특별히 기억나는 일은 없다. 학교 가기에도 너무 바빴기 때문이다. 내가 오래오래 기억하는 건 학교가 끝나고 집으로 돌아가던 그 길이다.

교문을 나와 문방구가 잔뜩 늘어선 골목을 지나 4차선 도로의 지하차도를 건너 쭉 가다 보면 주택가가 나왔다. 우리집 방향으로 걷다 보면, 골목은 점점 좁아졌다. 좁아지고 또 좁아진 길을, 행여나 고양이나 쥐가 튀어나올까 싶어서 몸을 잔뜩 움츠리고 서둘러 걸었다. 걷고 또 걷고 어두운 굴다리 밑도 지나 구불구불한 마지막 골목을 벗어나면 그제야 탁 트인 긴 언덕이 나왔다.

'와, 이제 됐다.' 그 길에 서면 그런 마음이 들었다. 언덕의 끝에는 산이 있었고 그 꼭대기의 가운데 나무 한 그루가 그림같이 서 있었다. 봄·여름·가을·겨울 사계절 내내 꽃이 피고 지고, 잎이 무성히 자라다 물들어 떨어지던 그 언덕길 위에서 나라는 사람이 만들어졌다고 나는 지금도 생각한다.

봄에는 개나리가 먼저 싹을 틔우고 분홍 진달래가 피었다. 여름엔 키가 큰 해바라기들이 얼굴을 활짝 내밀었는데 목이 너무 길어서 이리저리 구부러지던 모습이 왠지 보기 좋았다. 해바라기는 질 때가 되면 얼굴이 까맣게 못생겨지는구나 알게 된 것도 그때다.

코스모스는 가을인 줄은 어떻게 알고 나타나는 건지 고운 빛깔을 보고만 있어도 마음이 흔들흔들 춤을 췄다. 겨울에 가장 좋았던 건 흰 눈이 소복이 쌓인 나무들이었다. 그 풍경은 정말, 정말로 꿈 같았다.

그 길 위에서 어린 마음이 아름다움으로 물들었다. 지금도 내게 아름다움은 식물의 모습으로 온다. 오래된 나무가 우거진 그늘 밑을 걸을 때면 행복이 머리 위에서 쏟아지는 것 같다. 뺨을 스치는 바람으로도 온다. 추억을 깨우는 공기의 냄새로도 온다. 지금도 나를 가장 들뜨게 하는 건 그

언덕 위에서 누렸던 아름다움과 모조리 상관있다.

첫 일기를 위해 처음으로 여섯 시에 일어난 그 아침에 나는 그때가 나의 결정적인 순간이라고 썼다. 어쩌면 그건 사실이라기보다 바람에 더 가까울지 모르지만 나는 운 좋게 그 순간을 나의 결정적인 순간으로 떠올렸다. 그렇게 의미를 얹어서 나는 그 길 위에서 태어난 사람이 되었다.

그 이후로 나는 다른 사람들의 결정적인 순간이 궁금했다. 되짚어 거슬러 올라가다 보면 누구나 결정적인 순간이라고 말할 수 있는 어떤 시간이 떠오를지 모른다. 그래, 이때가 나의 결정적인 순간이었구나 하는 때가.

그러나 누군가의 결정적인 순간은 떠올리기 싫을 만큼 괴롭거나 비참할지 모른다. 분노나 두려움, 외로움이 어쩌면 그 순간을 이루고 있을지도 모른다. 그런 생각을 하면 묻기가 주저된다. 그렇지만 문제없어. 아무 문제없다. 우리는 얼마든지 새로운 결정적인 순간을 만들어 낼 수 있다. 두 번, 세 번 다시 태어날 수 있어.

나는 아침 여섯 시에 일어나 일기를 쓰며 다시 태어났다. 그건 나의 두 번째 결정적인 순간이었다. 나의 세 번째 결정적인 순간은 남편의 죽음이라는 나에게 찾아온 불행을, 끝까지 인정하고 싶지 않았던 '불행'이라는 말을 받아들였던 어느 날이다. 나에게 닥친 불행을 불행으로 받아들이고 나니 다음 걸음으로 갈 수 있었다.

불행할 리 없어, 아니야, 그럴 리 없어, 인정하지 않을 때는 인정하지 않는 일에 나의 모든 힘을 쏟았다. 다른 생각을 할 힘이 남아 있지 않았다.

그러다 어느 날 문득, 이게 불행이 아니면 뭘까, 순순히 인정하게 되었다. 아무리 아니라고 해도 그것은 불행이었다. 인정하고 나니 그다음 내가 어떤 걸음을 내딛어야 할지 비로소 보였다. 길은 하나라고 생각했다. 나는 별 수 없이 잘 살기로 마음먹었다. 그 결심은 여전히 유효하다.

나의 결정적인 순간은 이렇게 셋, 아직은 셋뿐이다. 그러나 앞으로 몇 번이고 더 찾아올 수 있다고 생각한다. 그러니 믿어. 우리는 얼마든지 새로 태어날 수 있고 변할 수 있어.

어쩌면 시간이 흐른 뒤에 지금 이 순간을 나의 네 번째 결정적인 순간이라고 말하게 될지도 모르겠다. 이 순간이 빛날 수 있도록, 나의 결정적인 순간이 후회가 아닌 사랑과 희망으로 빛날 수 있도록 나는 앞으로도 열심일 작정이다.

언젠가 당신을 만나게 된다면 묻고 싶다.

그래서 당신의 결정적인 순간은 언제인가요?

지상 최고의 사랑

내가 쓴 두 번째 일기는 '사랑'에 관한 것이었다.

그때 나는 스물에 겪은 짝사랑에 대해 썼다. 밤만 되면 기침을 부르던, 시름시름 앓을 정도로 좋아했던 짝사랑에 대해 썼다. 그러나 솔직히 나는 사랑이 무엇인지 잘 모르겠다. 남들이 말하는 사랑이라는 게 뭔지는 더더욱 모른다. 내가 알고 있는 것은 내 사랑에 대한 것뿐이다.

스물한 살에 남편을 만나 6년을 사귀고 결혼했다. 12년을 함께 산 우리는 삶과 죽음으로, 서 있는 곳이 갈리게 되었다. 남편을 보내고 나는 사랑에 대해 오래 생각했다. 사랑이 뭘까, 우리가 한 것은 마지막까지 사랑이었을까.

스물 중반의 나는 너의 괴로움이 나에게 고스란히 옮겨오는 것이 사랑이라고 생각했었다. 기쁨보다도 괴로움에 있어서 너와 나의 경계가 사라지는 것, 그게 사랑이라고 믿었다. 그건 결혼 전 언젠가의 남편이 내 앞에서 눈물, 콧물을 흘리며 울었기 때문이다. 그때 너무 마음이 아파서, 남이 우는데 이렇게 마음이 아플 수가 있구나, 이런 게 사랑이구나 생각했기 때문이다. 사귀고도 몇 년쯤 지난 뒤의 일이었다. 그렇게 오래 만났는데 그때 그 순간에 비로소 진심으로 남편을 사랑하게 되었다고 이후에도 늘 생각했다. 우는 그 마음이 네 마음인지 내 마음인지 모르겠다고 생각했었다.

그때의 다짐을 나는 혼인 서약서에 썼다. 당신이 내 앞에서 크게 울음을 터트린 날, 나는 당신이 되어버렸다고 썼다. 당신이 웃어서 내가 웃는 게 아니라, 당신이 울어서 나도 우는 게 아니라 그냥 당신이 되어버렸다고 썼다. 그러니 살면서 어떤 일이 있어도 있는 그대로 받아들이겠다고 썼다. 당신을 있는 그대로 사랑해 줄 사람은 나뿐이라고 생각했으니까. 지구에서, 우주에서 나뿐이라고 생각했으니까. 당신을 사랑해서 나는 우주에서 하나뿐인 존재가 되었었다.

우리는 결혼식 날 수백 명의 사람들 앞에서 각자가 써온 혼인 서약서를 읽었다. 그 순간 나는 우리의 사랑이 완벽하다고 느꼈다. 그리고 10년 넘게 부부로 함께 살았다.

대다수의 부부들처럼 이런저런 일들을 겪으며 우리 사

랑이 완벽한 것이 아니었나 분해서 눈물 흘린 적도 있었고, 내가 몰랐을 뿐 사랑이 원래 이런 것이구나 깨닫고 고개를 끄덕인 적도 있었다. 사랑했고, 미워했고, 이해했고, 귀여웠고, 무심했다. 그렇지만 무엇보다 아꼈다. 그냥 남들처럼 살았다. 특별한 것이라곤 조금 일찍 헤어진 것뿐이다. 나는 그렇게 생각하기로 했다. 우리의 사랑이 이후에 어떻게 변했대도 그날 결혼식에서 내가 느꼈던 기분은 진짜였다. 우리의 사랑은 완벽했고 지상 최고였다. 서로에게 혼인 서약서를 낭독해 주던 우리는 퍽 아름다웠을 것이다.

지금도 그렇게 믿는다. 누군가의 괴로움을 얼마나 견딜 수 있는지, 나는 소중한 사람들을 그렇게 구분한다. 너의 괴로움이 너의 괴로움으로 그치지 않고 너의 괴로움을 상상하기만 해도 괴로워지는 것, 적어도 내 사랑의 기준은 그렇다.

언제나 당신의 안녕을 바라는 것은 그러므로 사실 나를 위한 일이기도 하다. 당신이 괴로운 한 나 역시 기쁠 수 없기 때문이다. 그래서 나는 늘 당신의 안녕을 빈다. 마음 상하지 않았으면, 상했더라도 금방 떨쳐냈으면, 곧 잊었으면, 다시 웃었으면, 그랬으면 좋겠서 안녕을 빈다. 어떤 마음을 갖는 게 아무 마음도 갖지 않은 것보단 힘이 있을 거라고 믿는다.

나는 너의 안녕을 비는 마음을 갖고 있다. 그것으로 나는 힘이 생겼다. 이 힘이 공기를 가르고 너에게 닿으면 좋겠다. 손오공이 쏘는 에네르기처럼 공기를 가르고 너에게 닿으면 좋겠다.

그래서 네가 '오늘은 이상하게 기운이 나네.' 그러면서 괜히 한번 웃으면 좋겠다.

내가 자주하는 아름다운 상상.

마흔은 처음이라서

나는 내년에 마흔 살이 된다. 중학교 때 나는 사람이 마흔 넘어서까지 살 이유가 있나 하는 생각을 한 적이 있다. 늙는다는 건 너무 먼 이야기였고 나와는 상관없는 일이었으니 그 역시도 진지한 생각은 아니었겠지만 호기롭게 몇 번씩이나 그런 이야기를 한 기억은 있다. 마흔은 이후에 나의 관심에서 자연스럽게 멀어졌다.

그런데 이제 나는 마흔을 앞두고 있고 별 감흥 없이 맞이했던 서른과는 마음의 무게가 다르다. 이 역시도 지나고 나면 자연스럽게 차곡차곡 쌓이는 나이 중 하나일 뿐이겠지만, 내 인생에 있어서 최초의 마흔이니 다소 유난스러운 각오를 해야 할 것 같은 이 기분을 의미있게 받아들이기로 했다.

일본 영화를 좋아하는데 10대 후반이나 20대 초반의 주인공이 등장하는 영화를 볼 때면 그 싱그러움이 너무 아름다워서 질투가 날 때가 있다. 그들이 느끼는 감정이나 처한 상황이 행복이나 슬픔, 기쁨이나 분노 어떤 것과 연결되어 있든 상관없이 눈부시다.

한편 나보다 스무 살 이상 나이가 많은 사람이 등장하는 영화를 봐도 또 그대로 아름다운 이들이 있으니, 아름다운 그들의 공통점은 여유가 있고 느긋하게 바라볼 줄 알며, 멈추지 않고 성장한다는 것이다. 성장을 멈춘 인간만큼 시시한 것이 없다. 마음도 뇌도 굳어버린 꼰대는 질색이다. 깨지면서 깰 줄 알고, 벗겨지며 벗을 줄 아는, 상처의 흔적이 가득해도 굳을 줄 모르는 심장을 가진 인간이 내가 생각하는 아름다운 인간이다.

그러니 조금 억울한 면이 없지 않다. 젊은 그들은 자체로 눈부신데 나이 든 그들의 아름다움에는 연마가 필요하다. 나의 질투는 여기에서 비롯된다. 그러나 그 눈부신 시기를 우리 모두 한 번씩은 겪어왔으니 너무 억울해하거나 부러워하는 것도 쑥스러운 일이다.

밀란 쿤데라는 〈생은 다른 곳에〉라는 책에서 '백발의 시인이 보기에 젊음이란 인생에서 어느 특정한 기간의 명칭이 아니라 어떤 구체적인 나이도 능가하는 하나의 가치이다.'라는 말을 했다. 지금의 내게 꼭 필요한 말이기도 해서 얼른 메모해 두었다.

그리하여 나는 '마흔 넘어서까지 사람이 살 이유가 있나' 라고 생각했던 그 마흔을 앞에 두고 있고, 사람이 사는 데 별 이유가 필요 없다는 것 정도는 아는 서른아홉이 되었다. 하나의 깨달음이 1개의 수정 구슬이고 열다섯이나 열여섯의 내가 5개 정도의 수정 구슬을 갖고 있었다면 지금은 10 개쯤 갖고 있는 것 같다. 그때의 수정 구슬은 지금도 소중하게 간직하고 있다.

물론 몇 개의 수정 구슬은 깨져버렸지만 깨진 구슬 속에서 또 다른 수정 구슬이 굴러 나와 그 수가 줄지는 않았다. 어쩌면 수정 구슬의 숙명은 깨지고 새로운 구슬을 만들어내는 데 있을지도 모른다. 앞으로도 몇 개의 구슬은 깨질 테고 거기서 또 다른 구슬이 나오겠지. 나는 몇 개의 새로운 구슬을 품게 될까, 그렇게 생각하니 조금 흥분이 된다.

산다는 것은 재밌는 일이다. 몰랐던 것을 알게 되는 것이 재밌고 새로운 것을 알게 될 때마다 그전에는 보이지 않던 것들이 서서히 눈에 들어오는 게 신기하다. 그때가 바로 성장하는 순간일 테니 혹시 상처를 받는데도 너무 주눅 들 필요는 없다. 빛나는 눈, 무거운 혀, 열린 귀, 굳지 않는 심장. 마흔을 앞두고 나는 이 넷에 대해 생각한다. 자꾸 웃음이 난다. 젊음이란 어떤 구체적인 나이도 능가하는 하나의 가치이다.

아빠는 학 같아,
엄마는 호빵 같지

우리 아빠는 운이 없는 사람이었다. 아빠는 운도 없고 줄도 없고 현실 감각도 없는데 심지어 도와줄 가족도 없었다. 할아버지가 돌아가신 후 외아들인 아빠를 두고 할머니는 재가를 했다. 아빠는 큰 이모네, 둘째 이모네, 막내 이모네를 전전하며 어린 시절을 보냈다. 아빠와 달리 교장 선생님네 막내딸로 태어난 엄마는 순수하고 낙천적이고 단순했다. 엄마는 가족도 없고 운도 없는데 잘생기고 자존심이 센 아빠에게 반해서 집안의 결사반대를 무릅쓰고 결혼했다.

결혼한 뒤에도 아빠의 운 없음은 계속되어서 엄마는 자주 외갓집에 가서 돈을 가져왔다. 돌이켜 보면 힘든 일이 많았다. 빚쟁이들이 쫓아오고 집에 빨간 딱지가 붙었다. '시팔'이란 단어도 돈 받으러 집에 찾아온 어떤 아저씨 때문에 알게 되었다. 여덟 살 때였던 것 같은데 아저씨 입에서 '시팔'이라는 단어가 튀어나오던 그 순간의 기분이 아직도 기억난다. 뜻도 잘 몰랐는데도 마음이 와장창 깨지면서 우리 집이 더러워진 것 같았다.

그래도 엄마는 늘 씩씩하고 명랑했다. 아빠는 이상하게 품위가 있었다. 큰 소리를 내서 화를 내지도, 엄마와 다투지도 않았다. 고된 시절들을 지나오면서 아빠의 자존심이 꺾이지 않았을 리 없고, 엄마가 운 날이 하루 이틀이 아니었을 텐데, 아빠는 하얀 학 같고 엄마는 따뜻한 호빵 같았다. 지금도 그렇다. 아직도 학 같고 호빵 같다. 왜일까 생각해 보니 인간은 그냥 태어난 자기 모습대로 사는 수밖에 없어서인 것 같다.

선택이 가능했다면 아빠는 일찍 아버지를 여의고 싶지도, 어린 나이에 친척 집을 전전하고 싶지도 않았을 거다. 넉살 좋고 계산이 빨랐다면 그렇게 번번이 사업에 망하지도 않았을 것이다. 그렇지만 아빠는 그렇게 태어나지 못했다. 아빠는 자존심 세고 남에게 아쉬운 소리 못하는 사람으로 태어나 자기의 인생을 살았다. 그리고 아직까지 자기 몫의 인생을 살아내고 있다.

그래서였을까, 아빠는 남편의 장례식장에 와서 나에게 딱 한마디를 건넸다. '선희야, 울지 마. 다 네 팔자야.' 그러면서 내 등을 천천히 두 번 다독여 주었다. 아빠는 진작에 운명에 진 사람이었다. 운명에 지고 자기를 받아들인 사람이었다. 그런 아빠의 말에는 힘이 있었다. 장례를 치르고 아빠의 그 말은 점점 울림이 커졌다. 나는 자주 그 말을 되뇌었다. 결국 아빠가 건넨 말은 뿌리를 내리더니 나를 단단하게 만들어 주었다.

그래서일까, 이제 나도 다가오는 대로 살아가는 수밖에 없다는 생각이 든다. 나는 박선희라는 사람으로 태어났으니 박선희의 운명을 살아갈 수밖에 없다. 지금까지 그랬던 것처럼 앞으로도 어떤 일이 닥치든 다가오는 대로 살아가는 수뿐이다. 너무 돌아보지 말고 너무 걱정도 말고 담담하고 산뜻하게 살아가는 수뿐이다. 이것이 올해, 내가 가장 자주 되뇌었던 각오다.

다만 한 가지 바라는 게 있다면
나도 엄마처럼 아빠처럼
호빵 같이, 학 같이
따뜻하고 품위 있게 살아내고 싶다.

덮어준다는 것

고등학교 때 아빠가 하던 사업이 망하고 우리는 살던 집에서 이사를 해야 했다. 이삿날은 평일이었다. '학교 끝나면 전화해.'라고 엄마가 말했다. 그날 체육대회가 있었던 게 기억난다. 하루 종일 뛰고 응원하느라 너무 피곤해서 빨리 집에 가서 자고 싶다고 생각했으니까. 너무 지친 나는 이사 간 집이 크게 궁금하지도 않았다. 엄마에게 전화를 하고 엄마가 알려준 낯선 곳까지 버스를 타고 와 내렸다. 엄마와 만나기로 한 장소에 엄마가 먼저 와 있었다. '집은 어디야? 어때?' 내가 물어도 엄마는 별말을 하지 않았다. 한참을 걸어 육교를 건너고 골목으로 들어가는데, 골목 집들이 너무 낮고 볼품이 없어 마음이 철렁했다. '여기야.' 하고 엄마가 말하고 먼저 들어가는데 나는 따라 들어갈 수가 없었다. 여기라고? 따라 들어가기 싫었다. '앞으로 이 집에서 살아야 한다고?' 나는 엄마에게 짜증을 내며 소리내 울었다.

한동안 학교 끝나고 집에 가는 길이 싫었다. 내가 그 골목으로 들어가는 걸 누가 볼까 봐 싫었다. 친구들이 집에 놀러 가도 되냐고 물으면 이런저런 핑계를 대서 거절했다. 그 집에서 행복하지 않았던 건 아니다. 우리는 곧 단칸방에 익숙해져서 불 끄고 누운 밤, 다섯 식구가 모두 같이 이야기를 나눌 수 있는 게 장점이라며 꼭 흥부네 가족 같다고 깔깔댔었다. 그렇지만 그건 우리만의 행복이었다. 다른 사람들에게 보이고 싶지 않았다. 감추고 싶었다.

그 집에서 4년을 살았다. 대학에 들어가 남자 친구를 사귀었는데 데이트를 하고 나면 자꾸 집에 데려다준다고 했다. 나는 한사코 싫다고 했다. 남자 친구는 서운하다고 했다. 그래도 싫었다. 그러던 어느 날 남자 친구와 내가 만취를 해서 학교 선배가 차로 집 근처까지 데려다준 적이 있었다. 그렇게 취했었는데도 나는 끝까지 집을 알려주지 않았다. 집까지 바래다준다는 남자 친구를 뿌리치고 혼자 집으로 왔다.

며칠 뒤 남자 친구가 편지를 줬다. 그 편지에는 자기가 믿음직스럽지 못해서 미안하다고 쓰여 있었다. 더 믿을 수 있는 좋은 사람이 되겠다는 다짐도 쓰여 있었다. 이 세상 누구보다 너를 사랑한다고, 괴로움, 기쁨, 쓸쓸함, 자조 그게 무엇이든 모든 걸 함께 나누고 싶다고, 네가 너무 좋다고, 너무 사랑한다고 했다. 꼭 선희한테 장가갈 거라고, 선희가 다른 사람을 좋아한다고 하면 땡깡을 부려서라도 꼭 꼭 선희한테 장가갈 거라고 그렇게 쓰여 있었다.

술김에 쓴 편지라 연습장을 쭉 찢어서 꼬깃꼬깃 접어준 것이었지만 그 어떤 고운 편지지에 쓴 것보다 귀했다. 오래오래 갖고 다니며 때때로 펴봤다. 그 편지를 쓴 이유는 한참 후에, 정말로 한참 후에 알게 되었다.

"그날 엄청 취했으면서도 끝까지 집에 데려다주지 않아도 된다고 하더라. 차가 멈추니까 내리더니 막 뛰어가더라. 걱정이 되어서 나도 내려서 막 쫓아갔지. 너는 뒤도 안 돌아보고 막 뛰어가더라. 내가 불러도 모르고 뛰어가더라. 그렇게 취했는데도 누가 쫓아올까 봐 너무 열심히 뛰어가는 거야. 그러다가 봤어. 네가 집으로 들어가는 거. 그날 너 들어가는 거 보고 골목을 돌아 걸어 나오는데 그렇게 눈물이 나더라."

2년 후엔가, 내가 더 이상 그 집에 살지 않게 되었을 때 남자 친구는 그제서야 나에게 그 이야기를 들려주었다. 전혀 몰랐으니까, 나는 정말 놀랐다. 왜인지 눈물이 났다.

남자 친구는 그날의 편지에 썼던 것처럼 꼭꼭꼭 나에게 장가를 와서 남편이 되었다.

까맣게 잊고 있었는데 불쑥 그때 생각이 났다.

쫄지 마,
늙는다고

나는 요즘 나이 듦이 불쾌하다. 태어나 지금껏 매년 거르지 않고 나이 들어왔는데 이제와 불쾌함을 느낀다. 아마 나이 듦이 늙음으로 이어지는 나이에 접어들었기 때문인 것 같다. 얼마나 불쾌하냐면 정체성의 위기를 느낄 만큼.

요 며칠은 거울 앞에서 늘어져 주름진 눈꺼풀을 만지작거리는 일이 잦아졌다. '내 눈 같지 않네. 나는 외까풀의 눈을 가졌는데, 이상하네.' 하고 몇 번이나 거울 앞에서 서성거렸다. 그러다가 앞으로는 주름지고 늘어져 낯설어진 얼굴에 겨우 적응하면 더 깊은 주름이 패여 놀라는 일들이 반복되겠구나 싶었다. 주름을 들여다보다 마음에 시름이 늘었다.

이해하지 못했던 일들을 이해하게 되는 일도 늘었는데

그러면서 몰랐던 감정들을 알게 된 것도 나를 늙게 만들었다. 나는 지구의 중심에 핵이 있듯 내 안에도 핵이 있다고 여겨 왔다. 나의 중심에서 나를 나로 만들어 주는 무언가를 보석처럼 소중하게 품고 지금까지 왔다. 그런데 공허나 초조처럼 몰라도 좋았을 감정들을 차례로 맛보고 나니 보석처럼 품어왔던 나의 핵이 땀에 젖어 들어가는 등처럼 점점 어두워졌다. 즐거운 일이 줄어들고 근심이 늘었다. 그리고 마음이 단단해졌는데, 단단해지더니 잘 움직이지 않게 되었다. 다수의 사람들이 움직이는 일들에만 움직이는 마음을 갖게 될까 봐 걱정이다. 몇 개의 단어만 안중에 두고 그것만 돌려가며 사는 인생이 되는 것이 싫다. 나는 이것이 나다움을 잃는 일이라고 생각한다.

그냥 나대로 살면 된다고 생각하기 쉽지만 자기다움을 유지하는 일은 생각보다 어렵다. 자기다움이 무엇인지도 모르고 현실에 몰두하다 보면 근심, 욕망, 관심사 모두 남과 다를 바 없이 비슷한 사람이 되어버리기 때문이다. 비슷한 걱정을 하고 비슷한 것에 만족해, 이것이 내 욕망인지 남의 욕망인지도 모르고 비슷한 것에 반응한다. 자기다움을 잃고 뻔해지는 것, 나는 그런 게 늙는 일인 것 같다.

현실에서 부딪히는 여러 가지 일들 때문에 자기다움 같은 고민들이 유치하게 느껴지는 순간들도 온다. '그런 건 애들 놀음이지 뭐.' 하고. 그렇지만 눈앞의 일에만 몰두하고 사는 것만이 열심히 사는 일이라고 생각하지 않는다. 나는 그런 방식으로는 만족할 수 없다.

나이 드는 게 싫었던 건 나다움을 잃어가고 있다고 느껴서인 것 같다. 불쾌보다는 초조에 가까운 감정이었다. 겉으로 보이는 나다움도, 안으로 품어왔던 나다움도 조금씩 훼손되어 가고 있다고 느꼈다. 그렇지만 자기다움이라는 것이 고정된 것은 아니니까 초조해하지 말아야겠지.

몸과 마음이 수그러드는 이 경험이 아직은 낯설지만 분명히 앞으로의 시간에도 숨겨진 보물이 있을 것이고, 나는 꼭 찾아낼 수 있을 거라고 믿는다. 그것이 나의 장기니까. 어떤 순간에도 나를 믿는다. 이것이 가장 나다운 모습이야. 잊지 말아야지.

점점 더
내가 되어간다

나는 항상 좋은 사람이 되고 싶다고 생각한다. 좋은
사람이 도대체 뭐냐고 묻는다면 그 기준이란 게 사람마다
다 다르기 때문에, 나의 것을 모두의 좋은 것이라
주장하기는 어렵고, 구체적으로 밝히기도 쑥스럽다.
어쨌든 집에 혼자 앉아 있을 때도 자주 좋은 사람이
되어야겠다고 생각한다.

내가 좋은 사람이 되고 싶은 건 내가 좋아하는 사람들
때문이다. 좋아하는 사람들에게 나는 부끄럽고 싶지가
않다. 나는 그들이 나를 더 떳떳하고 기쁘게 좋아해
주면 좋겠다. 나를 좋아한다고 말할 때 당당할 수
있었으면 좋겠다. '뭐 그런 사람을 좋아해?' 같은 소리를
듣지 않았으면 좋겠다. 마음을 빚지고 싶지 않다. 좋은

사람이 되는 것, 그것이 내가 좋아하고 나를 좋아해 주는 사람들에게 빚지지 않는 가장 좋은 방법이라고 생각한다. 나는 좋은 사람이 되기 위해 게으름을 피우지 않고 열심히 마음을 닦으며 애를 쓴다. 무슨 램프의 지니 같은 헛소리냐고 할지 모르지만 내가 생각하는 좋은 사람이란 그런 것 같다. 마음을 열심히 닦는 사람. 이틀만 청소를 걸러도 방바닥에 먼지가 뽀얗다. 사흘째 되는 날 바닥을 닦으며 무지막지한 먼지들을 목격한 나는 '말도 안 돼, 말도 안 돼.'를 반복하며 엄청나게 반성한다. 매일 청소해야지 다짐한다.

마음도 그렇게 매일 닦아줘야 하는 것. 어디 먼지 낀 곳은 없나 살피고 털어줘야 하는데 자주 안 털면 나중엔 티끌이 붙고 붙어서 안 떨어질 수도 있다는 게 집 청소보다 어려운 점이다. 막히지 않고 바람이 잘 통하게, 그렇게 마음을 닦고 서로 비춰봐야 한다. 보이지도 않고 보여지지도 않는 게 마음이지만 그래도 먼지 낀 마음보다는 잘 닦은 뒤에 마주 보아야 오해 같은 바보짓 하지 않고 서로의 진짜 마음을 볼 수 있지 않을까, 아무래도 그쪽이 우리를 더 가깝게 만들어 주지 않을까 싶은 것이다.

위의 글은 2012년의 일기다. 십 년 동안 쓴 일기를 다시 정리하다 보니 그간 꽤 많은 다짐들을 해왔구나 싶다. 그중 가장 자주 한 다짐은 좋은 사람이 되자는 것이었다.

나는 어렸을 때부터 좋은 사람이 되고 싶었다. 아마 어렸을 때 들었던 몇 번의 칭찬이 가져온 부작용인 것 같다. 착하다는 칭찬을 듣고 착한 건 좋은 건가 보다라고 생각했었다. 중학교 때 읽은 몇 권의 책들은 좋은 사람이 되고 싶다는 나의 바람을 더 단단하게 해줬다. 소설을 읽으면서 사람의 마음이란 너무 쉽게 깨질 수 있다는 걸 배웠다.

나는 누구에게도 해롭지 않은 사람이 되고 싶었다. 적어도 나로 인해 상처 주고 싶지는 않았다. 물론 주고 싶지 않아도 주고받을 수밖에 없는 게 상처라는 걸 이제는 알지만, 뻔히 알면서도 상처 입히는 말이나 행동을 하는 사람이 되고 싶지는 않았다. 이런 방식이 옳은 건지는 모르겠다. 다만 누구를 위해서라기보다는 내 마음 편하기 위해 그렇게 행동해 왔다.

그리고 무엇보다 나는 누군가의 자랑이 되고 싶었다. 일기에 썼던 것처럼 내가 사랑하는 사람들이 나 때문에 가슴을 쫙 펼 수 있으면 좋겠다고 생각했다. 그러나 거꾸로 생각해 보면 누군가가 나의 자랑이 된다고 내 가슴이 쫙 펴지나? 그렇다고 내 인생이 자랑스러워지나? 돌아보면 그건 오만이었다.

누가 누구의 자랑이야, 그건 주변 사람들을 너무 과소평

가한 일이었다. 우리는 각자 주어진 인생을 살아갈 뿐이다. 그 길에서 서로 운이 좋으면 교차해서 지나갈 뿐이다. 우리의 인생이 만나는 지점에서 위안을 주고받는 순간을 누릴 수 있다면 그것으로 족하다.

이제와 생각해 보면 누군가의 자랑이 되고 싶어 좋은 사람이 되려고 했다는 건 나에게도 사과할 일이다. 나를 그런 용도로 사용해서는 안 된다. 나는 누군가의 자랑이 되려고 사는 사람이 아니다. 나는 그냥 나로서 사는 것뿐이야, 지금의 나는 그런 생각을 한다.

누구를 위해서가 아니라 무엇 때문이 아니라 어찌해서가 아니라 그냥 나니까 나로서 내 인생을 살아갈 뿐이다. 나는 용도가 없다. 조건 없이 나로 살아가고 싶다.

나는 갈수록 점점 더 내가 되어간다. 나를 한가운데에 두고 나의 중심으로 분명하게 걸어가는 중이다.

보내기 싫은
'이 겨울'이 있었어

새벽 여섯 시에 일어나 열심히 일기를 쓰던 나는 어느 날 내가 이전과는 다른 사람이 되어버린 것을 깨달았다. 그 깨달음은 너무 생생하고 짜릿해서 잠도 앗아갈 정도였다. 이것은 그날 새벽에 일어나 한 번도 쉬지 않고 써 내려간 일기다.

어찌된 영문인지 할머니처럼 새벽 세 시에 잠이 깨버렸다. 한 시간을 뒤척이다가 포기하고 일어났다. 나는 어렸을 때부터 말을 굉장히 잘 듣는 아이였다. 지금까지 엄마, 아빠한테 대든 적 한 번 없었고, 심지어 학교 다닐 땐 선생님들 마음이 그렇게 잘 이해 갈 수가 없었다.

물론 내가 모범생이었다는 말은 아니다. 야자는 수없이
땡땡이쳤고 선생님한테 거짓말하고 놀러도 많이 다녔다.
비 오는 날 오토바이 뒤에 타고 신난다고 깔깔거리기도
했다. 그런데 이런 것이다. 나에겐 질문이 없었다.
'비인간적이고 비효율적인 야자를 내가 왜, 이 시간에,
그것도 강압적으로 하고 있어야 하지?'와 같은 질문이
내게는 없었다. 심지어 나는 야자가 강압적이라는 생각도
안 했다. 내가 가졌던 질문은 이런 것이다. 날씨가 이렇게
좋은데 야자를 하면 안 되는 것 아닐까, 떡볶이가 이렇게
먹고 싶은데 먹어야 하는 것 아닐까, 기분이 이렇게
우울한데 학교를 뛰쳐나가야 하는 것 아닐까. 딱 이 정도
수준의 질문들을 지금까지 꾸준히 아주 성실하게 해왔다.
고등학교를 졸업하고 당연히 대학에 갔고, 심지어
재수까지 해서 대학에 갔다. 대학을 졸업하고는 취직을
했고 다시 대학원엘 갔고 다시 취직을 했고 오랜 연인과
자연스레 결혼을 했다. 모든 것들은 자연스러웠고
나는 그저 남들처럼 당연히, 마치 정해진 코스를 밟듯
살아왔다. 중요한 질문들은 남들이 이미 대신해 준 것
같았다.
내가 왜 대학에 가야 하는지, 내가 왜 결혼을 해야 하는지,
내가 왜 직장에 다녀야 하는지 정작 나는 고민해 본 적이
없었다. 그래도 잘 살아왔다. 그런데 이 겨울, 수없이

많은 질문들이 나에게 쏟아졌다. 어쩌면 살면서 내가 해왔어야 했던 질문들이 한꺼번에 마치 빚쟁이들처럼 들이닥친 것 같았다. 해야 하는 것과 하고 싶은 것과 하지 말아야 할 것에서 시작된 나의 질문과 생각은 꼬리를 물고 이어졌다. 그리고 그것들은 내 안의 모든 것들을 한 걸음씩 움직이게 했고, 지금쯤 되자 나는 박선희에서 박선희+1이 되어버렸다. 그러니까 나라는 사람의 패러다임이 바뀌고 있는 것이라고 생각했다. 나는 지금껏 무엇이 되고 싶다는 생각을 별로 하지 않고 살아왔다. 어떤 무엇이 되어야 행복해지는 게 아니라는 것을 잘 알고 있었으니까. 그런데 이제 나는 무엇이 되고 싶어졌다. 이 마음이 나를 지금까지보다 행복하게 해줄 거라고 생각하지 않는다. 그러나 행복이 단 하나의 얼굴을 갖고 있다고 생각하지 않는다. 행복에도 여러 가지 얼굴이 있다. 그런 것을 알게 되었다. 여전히 수없이 많은 결정적인 순간들이 내 인생에 남겨져 있다는 것을 깨달았다. 그 순간이 결정적인 순간이 되느냐 아니냐는 내가 결정하는 것이다. 이 겨울에 나는 이렇게 많은 생각을 했다. 앞으로 A4 세 장 분량은 더 쓸 수 있다. 그러니까 보일러를 틀지 않고 베란다 문을 활짝 열어놓아도 춥지 않은, 바야흐로 봄이 시작되었지만 나는 여전히 '이 겨울'이라고 말한다.

서른넷의 2월에 나는 이런 일기를 썼다. 서른넷이나 되고서야 나는 내게 질문이 없었다는 걸 깨달았고 내가 아무것도 몰랐다는 것도 알았다.

그래서 그걸 깨달아서 뭔가 달라졌냐고? 그렇다. 달라졌다. 나는 적어도 남이 그렇다고 하는 걸 당연하게 받아들이지는 말자고 결심했다. 아주 작은 것이라도 내 머리로, 내 마음으로 생각하려고 했다. 내 눈으로 세상을 보게 되었고 내 기준을 조금씩 만들어 갔다. 그건 아주 근사한 일이었다.

그리고 그때 내가 되고 싶었던 무언가에 이제야 겨우 한 발 다가선 것 같다. 저 일기를 쓰던 그해, 나는 그 겨울이 가는 게 싫었다. 그래서 '지난 겨울'이 아닌 '이 겨울'이라고 보내기 싫은 마음을 담아 적었다. 그만큼 그 겨울은 내게 특별했다.

지금의 나는 '이 겨울'이 가는 게 싫지 않다. 아쉽지 않다. 기대가 된다. 나는 어느 한 시절에 머물지 않는다. 계속해서, 계속해서 나아갈 것이기 때문이다.

맙소사, '이 겨울'도 보통이 아니네.

다들 단골 문방구 하나씩은
있었잖아요?

어렸을 때 가족이랑 엄마, 아빠의 친구들 빼고 내가 사귀어 친해진 최초의 어른은 학교 앞 문방구 아줌마였다. 조아 문방구 아줌마. 여름에 꽁꽁 언 오렌지 맛 조아를 칼로 슥슥 따주던 조아 아줌마. 학교 앞에는 문방구들이 죽 늘어서 있었는데 친구들 모두 단골 문방구가 있었고 내게는 조아 문방구가 그랬다.

학교 가는 길에 특별한 볼일이 없어도 들러서 '아줌마!' 하고 부르면 '학교 잘 갔다 와!' 손 흔들어 주던 조아 아줌마. 그때는 학교 끝난 뒤에 친구들과 문방구에서 이것저것 사 먹는 게 제일 큰 재미였다.

여름엔 '더위 사냥'이나 '보석바'를, 겨울에는 '꿀맛나'를 가장 많이 먹었지만 매일 빼먹지 않고 공을 들였던 건 뭐니 뭐니 해도 뽑기였다. 친구들은 칼 모양 엿도 잘 뽑고 가끔 어마어마하게 큰 잉어 엿도 뽑았는데 나는 운이 없어서 맨날 꽝만 뽑았다. 한 달 내내 해도 칼 한 번이 안 나왔다. 손바닥 반만 한 꽝 엿을 입안에 넣고 녹여 먹으며 과연 잉어를 뽑는 날이 있을까 했는데 결국 그런 날은 졸업 때까지 오지 않았다. 내가 꽝을 뽑을 때마다 같이 아쉬워하던 조아 아줌마. 어느 날은 꽝 엿을 하나 더 쥐여주었지.

한번은 친구가 조아 문방구에는 없고 다른 문방구에서만 파는 물건이 있다며 사러 가자고 했다. 그런데 물건을 사고 나오는 길에 문방구 골목에 서 있던 조아 아줌마랑 눈이 딱 마주쳤다. 나는 왠지 뜨끔해서 재빨리 고개를 반대편으로 돌렸다. 꼭 배신자가 된 기분이었다.

다음 날 학교를 가는데 조아 문방구 앞을 지날 생각에 심장이 쿵쾅쿵쾅 뛰었다. 땅만 보고 빠르게 걸으며 그날 아침 인사를 걸렀다. 집에 갈 때도 조아 문방구 앞을 지나치지 않으려고 부러 멀리 돌아서 갔다. 다음 날 아침에도 괜히 고개를 푹 숙이고 문방구 앞을 지나갔던 것 같다.

이삼일째인가 아줌마가 지나가는 나를 보고 '학교 잘 갔다 와.'라고 인사해 주었다. 그 목소리가 얼마나 반가웠던지 그게 아직도 기억이 난다. 아줌마의 웃는 얼굴, 다정한 목소리, 나는 그게 좋았다. 학교 앞에 문방구가 참 많았는데 조아 문방구 앞만 유난히 밝고 따뜻했다. 그건 마음의 힘, 유난히 밝고 따뜻하지.

어제는 동네 문방구에 갔는데 우리 집 앞에는 문방구가 없어서 길 건너 단지까지 걸어서 갔다. 웬일인지 사람들이 북적였다. 실내화를 사러 온 엄마와 두 딸, 장난감을 사러 온 어린 형제, 그리고 문방구 사장님. 벽과 바닥에 물건들이 꽉 찬 문방구는 다섯 명만 들어가도 만원이었다. 어린 형제 사이를 비집고 들어가 딸 아이의 준비물인 모양자와 쫀드기를 사들고 나왔다.

100원짜리 동전 열 개를 내고 모양 자를 건네받는데 조아 문방구 아줌마 생각이 났다. 여기 이곳, 조아 문방구는 아니지만 사람들이 북적이는 문방구가 아직 있다는 게, 너무 다행이라는 생각이 들어서 모양 자와 쫀드기가 든 까만 비닐봉지를 흔들고 집에 돌아오는 길이 좋았다.

어딘가에 조아 문방구가 여전히 열려있을 것 같다. 아이들이 북적였던 예전 그대로, 흰머리만 조금 는 조아 아줌마. '학교 잘 갔다 와!' 배웅해 주는 언제나 웃고 있는 조아 아줌마.

쓸쓸함을 품고
깔깔깔

친구들과 부산엘 다녀왔다. 친구들과 여행을 한 게 언제인지 기억도 나지 않을 만큼 오랜만이었다. 이른 시간에 출발해서 아침도 부산역에서 먹었다. 늦은 아침을 먹으며 맥주병을 땄고 그때 이미 우리는 이 여행이 만족스러우리라는 예감을 했다. 우리는 엄청 많이 웃었다. 먹고 마시고 걷고, 먹고 마시고 걸어도 여전히 시간은 충분히 남아 있었다. 마치 새로 뜯은 두루마리 휴지처럼, 풀어 쓰고 풀어 써도 두툼하게 남아 있는 시간을 확인할 때마다 웃음이 났다. 하루 종일 논다는 건 이런 기분이었지.

이른 저녁을 먹고 해운대 거리를 걸었다. 거리의 모든 사람들이 들떠 보였다. 관광지의 저녁에 떠도는 나른하고 기대에 찬 공기가 마음에 들었다. 우리는 돈도 시간도 많았다. 어디든 갈 수 있고 무엇이든 할 수 있었다. 우리는 먼저 맥주 한 캔씩을 들고 파도가 가까운 모래사장에 앉았다.

날은 금세 어둑해졌다. 밤바다를 향해 나란히 앉은 우리는 언제 그렇게 웃었냐는 듯 별말이 없었다. 구구절절 이야기하는 대신 각자의 바다에 잠긴 채 말없이 침묵을 나눴다. 한 번은 작게, 그다음에는 크게, 멈출 줄 모르고 밀려드는 파도를 보고 있자니 땅이 기우는 것 같았다. 나란히 앉아 조용히 바다를 바라보는데 친구들이 짊어지고 있는 짐이 느껴졌다. 누구나 마음속에 짐 하나쯤은 지고 있다. 누구도 대신 들어줄 수 없는 자기만의 짐이 있다는 걸 우리는 이제 안다. 그래서 슬픔이나 고민에 대해 시시콜콜 털어놓지 않는다. 대신 각자의 몫을 덤덤히 받아들이고 짧은 대화로 마무리한다. 애써 설명하지 않고 굳이 묻지 않는 그 시간이 자연스러워 퍽 아름다웠다. 애들아, 너희들의 마음속에 평화가 깃들기를. 밤바다에는 달그림자, 파도는 끝이 없었지. 멀리서 버스킹을 하는 기타 소리가 들려왔다.

친구가 몸을 뒤로 젖혀 모래사장에 눕길래 나도 따라 누웠다. 앉으나 누우나 떠날 줄 모르는 생각들이 있다. 실은 멈추지 않고 웃던 낮 동안에도 내내 마음에 붙어 있었다. 나는 눈을 감고 마음에 붙어 떨어질 줄 모르는 그 생각들을 생각했다. 주변의 모든 것들이 지워지고 나와 바다와 달빛, 그리고 생각들, 생각들만 남은 것 같았다. 떠들썩한데 고요했다. 몸을 받쳐주던 기분 좋게 차가웠던 모래, 기어이 불어와 마음을 쓸던 그 밤의 바람이 지금도 내게 남아 있다. 그때 나는 생각했다. 언제부터 우리는 쓸쓸함을 품고도 신나게 웃을 수 있게 된 걸까? 하고. '어쩔 수 없이 인생은 서글픈 면을 갖고 있으니까요.'라고 어제 누군가가 말했다. 그런 것을 알게 되는 게 어른이 되는 일이란 생각이 든다. 그 밤 우리는 그런 어른에 한발 다가서 있었다.

각자의 슬픔에 대한 애도의 시간이 끝나고 우리는 모래를 털고 일어나 또 아무렇지 않게 웃고 떠들며 걸었다. 길거리에서도 술집에서도 웃었다. 간간이 끼어드는 침묵도 두렵지 않았다. 맥주를 마시고 와인을 사 들고 숙소에 들어가 마시다가 또 맥주를 마시러 나갔다. 야경을 찍어 누군가에게 선물하고 맥주를 마시며 천천히 걸어서 숙소로 돌아왔다. 오는 길에 연인들의 사진을 찍어주고 우리의 사진도 부탁했다. 찍은 사진을 보니 보기 좋았다. 내가 찍어준 연인들의 사진도 보기 좋았을까?

여행의 시작부터 끝까지 많은 시간들이 좋았지만 밤바다를 바라보고 나란히 앉아 침묵을 나누던 그 순간이 가장 기억에 남는다. 요즘의 나는 우리가 굳이 아름다워야 할 이유가 뭔가, 하는 고민을 하고 있다. 그렇지만 달그림자가 드리워진 밤바다의 말없음처럼 아름다운 순간을 마주할 때마다 함께 나누고 싶은 마음은 어쩔 수가 없다.

마음속에
꽃이 피는 것 같아

빈 벤치를 볼 때마다 아름답다고 생각한다. 어제는 빈 벤치에 대해서 골똘히 생각했는데 왜 아름다운 건지 아직 모르겠다. 이유를 몰라도 좋아하는 데는 아무 상관이 없다는 게 좋다. 바람이 차가워져서 저녁 산책을 할 날들이 얼마 남지 않은 것 같다. 해가 짧아지고 있는 게 가장 아쉽다. 노을이 오래 이어지는 하늘을 좋아하니까. 시월이 끝나서 아쉬운데 겨울은 기대된다. 아쉬움 하나, 기대감 하나. 그렇다고 쌤쌤은 아니다.

또 어제 저녁엔 횡단보도를 건너는데 가로등이 반짝 켜졌다. 횡단보도에 첫발을 내딛자마자 나를 기다렸다는 듯이 반짝! 신기하고 기분이 좋았다. 집 뒤 공원에서는 남자아이들이 캐치볼을 하고 있었는데 서로 던지기만 하고 번

번이 놓쳐 공을 주우러 다니기 바빴다. 한번은 공이 내 앞까지 또르르 굴러왔고 남자아이가 멀리서 뛰어오길래 공을 집어 던져 주었다. 아이가 내 쪽을 향해 고개를 짧게 폭 숙였다. 고맙다는 말을 했는지 안 했는지는 이어폰을 끼고 있어서 듣지 못했다.

공을 집어 던져 주는 일은 아주 작고 사소한 일인데, 하고 나면 늘 기분이 좋다. 버스에서 할머니나 아이들에게 자리를 양보하거나, 누군가를 대신해서 엘리베이터 버튼을 눌러주는 일, 동네 경비원 아저씨나 붕어빵 아저씨와 반갑게 인사를 나누고, 유모차에 앉아있는 모르는 아이들과 눈으로 인사하는 일들 모두 아주 작은 것들인데 하고 나면 기분이 좋아진다. 마음속에 꽃이 피는 것 같다. 모두가 이어져 있어서 기분 좋은 일들이 파도 타듯 옆에서 옆으로 전해지면 좋겠다.

내가 공을 던져 주어서 그 아이가 기분이 좋아지고, 그 아이가 좋은 기분으로 던진 공을 친구가 나이스 캐치해서 그 친구도 기분이 좋아지고, 기분이 좋아진 친구가 집에 가서 씻고 밥 먹으라는 엄마 말에 순순히 씻고 밥 먹어서 엄마가 한결 편한 저녁이라고 생각하며 남동생에게 안부 전화를 하면, 남동생은 그날 있었던 힘든 일을 누나에게 주절주절 털어놓고 마음이 가벼워져서, 편의점에 들러 맥주를 사고 나오는 길에 아르바이트생에게 웃으며 '감사합니다.'

라고 인사를 해서 일한 지 얼마 안 된 아르바이트생이 긴장을 풀며 '네, 감사합니다.' 하고 같이 생긋 웃게 되는 기분 좋은 파도.

내 앞에 굴러온 공을 던져 주었더니 긴장한 아르바이트생이 생긋 웃었어. 이런 상상을 하면 작게 기분 좋은 일을 하고 돌아설 때마다 마음이 웃음으로 물든다.

파도처럼 스르르 촤아, 기분 좋은 일이 잔잔히 흘러 당신에게 또 옆의 당신에게도 전해지면 좋겠다. 전해지고 또 전해져서 마음에 꽃이 활짝 피었으면 좋겠다.

기분파의 최후

얼마 전 나는 변명의 여지가 없는 실수를 저질러 버렸고 그 여파가 생각보다 커서 한동안 매우 괴로운 상태에서 벗어날 수 없었다. 너무 괴로울 땐 그 괴로움에서 언제까지고 헤어 나오지 못할 것 같다는 생각에 몇 배나 더 괴로워지는데 이번에 내가 그랬다. 누군가를 실망시키고 마음을 상하게 했다는 게 무엇보다 괴로웠다. 나는 계속 생각했다. 책임진다는 건 뭘까? 책임을 진다는 건 괴로움을 감당한다는 뜻일까? 괴로워도 불평불만하지 않는 것일까? 어떤 일이 벌어져도 덤덤히 받아들이는 일일까?

어쨌든 괴로웠다. 변명의 여지가 없는 일을 저질렀을 때 가장 괴로운 것 중 하나는 화살을 어디 다른 데로 돌릴 수 없다는 데에 있다. 그 화살을 온통 내 쪽으로 꽂으려니 아프지 않을 수가 없었다. 마음을 다스리기 위해 나는 막 우주를 상상했다. '그래, 나는 얼마나 사소한 존재야. 알지? 우리 은하가 어머어마하게 넓고 어머어마하게 많은 별이 있고 지구는 은하에 비하면 아무것도 아닌 점 같은 거잖아. 은하의 품에서 지구는 아무것도 아니야. 지구도 아무것도 아닌데 하물며 지구에서 먼지 같은 나는 얼마나 아무것도 아니냐고!' 그렇게 사소하기 그지없는 나의 괴로움 따위 진짜 별거 아니라고 생각하려고 했다. 그런데 맙소사, 고작 먼지 따위의 괴로움이 왜 이렇게 괴로운 거야. 마음은 좀처럼 달래지지 않았다. 이러다 땅바닥이 뚫리지 싶게 연이어 한숨을 내뱉고, 두 차례에 걸쳐 울고불고 난리를 친 뒤에야 나는 별도리가 없다는 걸 인정했다. 그래, 괴로워도 할 말이 없지. 나는 나의 처지를 받아들였다.

그런데 하루가 지나고 이틀이 지나고 시간이 언제나처럼 흐르고 나니 공기 속에 봄이 묻어왔다. 출근길에 붉은 매화꽃을 만났다. 바람이 귓가에 '봄봄' 하고 불어왔다. 내가 참 면목이 없는 사람으로서 웃으면 안 된다고 생각했는데 자꾸 피식피식 웃음이 새어 나왔다. 회사 복도에서 큭큭 몇 번이나 웃음이 터졌다. 삼키려고 했는데 잘 안 됐다. 아몰라, 급기야 나는 퇴근길에 와인을 두 병이나 사고 말았다. 와인을 고를 때 어느 나라 와인인지 품종은 뭔지 이것저것 살펴보는데 이번에는 아무것도 생각하지 않고 라벨만 보고 고르고 싶었다. 그냥 내키는 대로 마음이 가는 대로 기분대로 고르고 싶었다. 와인 숍에 들어설 때부터 '이건 봄맞이 와인이야.'라고 혼자 이름을 붙였으니 봄같이 예쁜 옷을 입은 와인을 고르고 싶었다.

처음부터 눈에 들어온 흰 꽃과 파란 꽃이 예쁘게 그려진 레드 와인을 먼저 고르고 화이트도 골랐다. 마음 한구석에 맛없으면 어쩌지 하는 불안감이 없지 않았지만 그런 마음은 가볍게 넘기고 싶었다. 봄이잖아. 이 정도 기분의 사치는 부리고 싶었다. 와인이라도 마음대로 사보자!

와인을 들고 집에 오는데 기분이 좋았다. 봄이 오니 와인을 사자고 결심한 것, 이것저것 따지지 않고 라벨만 보고 고른 것, 한 병도 아니고 두 병이나 산 것, 맛없으면 안 먹으면 되지라고 생각한 것, 이 모든 것들이 마음에 들어서 기분이 좋았다. 내가 살아있어서 마음도 기분도 변한다는 게 다행이라는 생각이 들었다. 괴로울 땐 괴로울 수밖에 없어. 그렇지만 그 마음이 영영 이어지는 건 아니고 어두운 마음도 오래 품기는 힘든 거구나 그런 걸 확인했다.

집에 와서 두근거리며 와인을 땄는데 맛이 없었다. 그러나 별로 실망하지 않았다. 오늘 산 와인의 역할은 맛이 아니었다. 예쁜 옷을 입고 우리 집까지 같이 와준 것만으로도 충분했다. 와인 두 병과 함께 집에 오면서 모처럼 마음도 봄 같았으니까. 나는 와인을 따라둔 채 기다렸다. 날아갈 것은 날아가고 빠질 것이 빠지고 나면 훨씬 맛이 좋아진다는 것을 아니까. 두었다 마시자 제법 맛있었다. 역시 시간이 필요해. 뺄 건 빼고 날아갈 것은 날아가. 조급해하지 말고 기다려. 맛이 들려면 기다리지 않으면 안 된다. 비단 와인만 그런 건 아니지. 우리 마음도 시간이 필요하다. 빠질 건 빠지고 날아갈 것은 날아갈 시간. 기다리면 아문다.

기분파는 해피 엔딩을 꿈꾸지 않는다. 엔딩보다 지금의 행복을 앞에 두기 때문에 엔딩까지 생각할 겨를이 없기 때문이다. 그러다 보면 헛발질도 하게 되니 기분파에게 해피 엔딩이 주어지지 않는데도 불만을 터트릴 수 없다. 라벨이 예뻐서 산 와인이 맛없는 것처럼 기분파의 최후에는 후회와 쓰라림이 올 가능성이 높다. 실은 나의 잘못도 기분파의 말로 같은 거였다. 좋아, 같은 잘못은 두 번 다시 저지르지 않는 것으로 다짐하고, '다시 살려' 기분을 일으켜 세운다.

언제나 지금의 기분을 맨 앞에 두고 스스로의 기분을 좋게 만들어 주는 게 나의 특장점이니까 기분파로서 쌓아온 내공을 믿어본다. 막다른 곳에서는 조급해하지 말고 천천히 기다린다. 시간은 언제나 좋은 것을 주니까. 따라두었던 와인을 비우고 한 잔 더 따른다. 두 잔째는 맛이 더 좋다.

어느 하루

인숙이 이모는 엄마 친구인데 어려서부터 우리는 그냥 인숙이 이모라고 불렀다. 인숙이 이모는 오래된 동네의 골목에서 20년 넘게 미용실을 하고 있다. 이모는 딸 하나에 아들 하나를 두고 있는데 딸 이름의 첫 글자와 아들 이름의 첫 글자를 따서 미용실 이름을 지었다. '희경 미용실'.

미용실이 있는 골목에는 철물점과 돼지갈비 식당, 슈퍼가 있고, 미용실 맞은편에는 3층짜리 낡은 다세대 주택이 있다. 다세대 주택 앞에는 '외부 차량 주차금지'라고 써 붙여놨는데 골목 안이 워낙 비좁아서 차 한 대라도 나올라치면 입구에서 그 차가 빠져나올 때까지 꼼짝없이 기다려야 한다.

미용실 문을 열고 들어가니 헤어 캡을 쓰고 소파에 앉아 있던 아주머니 두 분이 우리 쪽을 쳐다보셨다. '안녕하세요?' 작은 목소리로 엉거주춤 인사를 하고 들어가니 몇 년 만에 만난 이모가 '어, 선희 왔구나.' 하고 짧게 반겨주었다. 엄마는 10년 단골답게 들어가자마자 자연스럽게 믹스커피를 타 마시고 손님들과 이야기를 주고받았다.

머리할 때 앉는 거울 앞에는 의자가 세 개, 차례를 기다릴 때 앉는 긴 소파가 하나. 의자가 세 개라도 사장도 직원도 인숙이 이모뿐이라 손님들은 번갈아 가며 맨 오른쪽 의자에만 앉는다. 우리까지 앉으니 소파는 만원. 모처럼의 휴일이라 염색과 커트를 하러 왔다는 택시 기사님은 아무도 앉지 않은 맨 왼쪽 거울 앞 의자에 앉아 무언가 열심히 쓰고 계셨다. 색소폰을 배우기 시작했다는 기사님은 쉬는 날인데도 희경 미용실에 앉아 차례를 기다리며 악보 공부를 하신다.

문을 열고 들어오던 할머니 한 분이 쪼르륵 앉아 있는 우리를 보고 눈이 휘둥그레지면서 오늘은 웬일로 손님이 이렇게 많냐고 한마디 하시길래 얼른 일어나 자리를 내어드렸다. '아니에요, 아니에요.' 웃으며 두 번 거절하시더니 세 번째엔 고맙다고 인사를 하며 앉으셨다.

"웬일로 이렇게 손님이 많아?"

"몰라, 몰라. 이런 날도 있어야지."

"오늘이 입춘이라는데 올해 대박 나려나 봐."

모두가 한마디씩 거들고 10분쯤 지났는데 할머니가 조용히 일어나 나중에 오겠다며 나가셨다. '어떡해요, 너무 오래 기다리실 것 같아 그냥 가신 건가 봐요.' 내가 안타까워 말했더니 인숙이 이모가 '응, 그냥 마실 나오신 거야. 당뇨가 있으셔서 식사하시고 나면 꼭 한 번 들르셔.'라고 말해 주었다. 할머니가 집에 가시고 10분쯤 되었을까, 이번에는 이웃집 아주머니가 오시더니 떡 한 덩이를 건네주고 바람처럼 돌아가셨다. 동네 사랑방 같은 인숙이 이모의 희경 미용실.

　그러는 동안에도 이모는 잠시도 앉지 못하고 번갈아 손님 머리를 만져주었는데 파마를 하고 계시던 아주머니 두 분은 파마를 풀고 보니 어느 쪽이 어느 쪽인가 알 수 없을 만큼 비슷했다. 내가 보기엔 똑같은 뽀글이 파마였는데 '다르지 달라. 이게 어떻게 똑같니? 이 언니는 앞머리 쪽에 숱이 없어서 앞쪽을 부풀린 상고머리형 파마고, 저 언니는 뒤통수가 좀 납작해서 뒷머리를 뺀 스타일이야.'라고 이모가 설명해 주었다.

　앞머리를 봉긋하게 한 아주머니가 먼저 집으로 가시며 '여기요, 파마 값 이만 오천 원.'이라며 현금을 내미셨고 뒷머리를 봉긋하게 한 아주머니는 미안한 목소리로 '저 나 카드밖에 없는데.'라며 난감해하셨다. 인숙이 이모는 카드를 받으면서 그래도 꼭 한마디를 보태어 '난 현금이 좋지만 뭐

어떡해. 카드밖에 없다는 걸.' 하고 말해서 뒷머리 아주머니에게 '언니 미안해.'라는 소리를 듣고 말았다.

악보 공부에 빠진 택시 기사님을 제치고 드디어 내 차례가 되어서 역시나 맨 오른쪽 의자에 앉아 이모에게 머리를 맡겼다. '밝은 색으로 염색해 주세요. 그런데 이모 머리가 참 멋지시네요.' 뽀글거리지 않는 멋진 숏커트. 이모의 머리는 정말로 멋졌다.

얼룩진 벽, 몇 번이고 빨아 쓰는 일회용 헤어 캡, 멀리 돌아나가야 하는 화장실의 불편함에도 불구하고 미용실이 낡아 보이지만은 않았던 건 인숙이 이모의 꼿꼿함 때문이었다. 인숙이 이모는 필요 없는 말은 하지 않았고 쓸데없이 친절하게 굴지도 않았다. 머리를 말고 감기고 털고 빗질을 해주면 그뿐, 그런 느낌이었다. 몇 시간을 서서 일하면서도 다리가 아프다거나 힘들다고 말하지 않았다. 이모가 그날 가장 많은 말을 한 것은 내 머리를 감길 때였다.

'우리나라에 보면 십자가들이 얼마나 많니. 그 사람들이 교회에서 배우는 게 뭐니, 사랑의 실천이다, 사랑의 실천. 그런데 그 많은 교인들은 어디 가고 광화문이든 어디든 저렇게나 많은 사람들이 모여서 사람 하나 잡겠다고 열심인 걸 보면 나는 정말 이해가 안 간다. 정말로 이해가 안 가, 나는.'

그때 '이모, 그 누구보다 사랑이 많은 사람들이 거리로 나오는 거예요.'라고 왜 나는 말하지 못했을까. 이모의 손에 머리를 맡긴 채 이모가 감겨주는 대로 가만히 의자에 누워있던 나는 '네네.' 하며 고분고분 듣고 있었지만 마음까지 '네네' 한 건 아니었다. '사람 하나 잡겠다고 그 많은 사람들이 모인 게 아니에요, 이모.'라고 말하고 싶었다. 이모의 말은 옳지 않았다. 그런데도 '정말로 이해가 안 가, 나는.'이라는 이모의 마지막 말에 담긴 절망 같은 탄식이 너무나 진심이어서 나는 놀랐고 슬퍼졌다. 그래서 다시 '네네.'라고 대답할 수밖에 없었다.

염색을 마치고 나자 엄마가 이모에게 삼만 원을 건넸다. 파마 이만 오천 원, 염색은 삼만 원. 그래도 괜찮은 걸까 싶은 가격이었다. 원래 다니던 미용실에서 내 머리를 해주던 분은 서른한 살, 눈웃음이 아주 예쁜 아가씨였다. 사근사근한 목소리로 염색을 권하던 그분에게 가격을 묻자 '십이만 원이요.'라고 말하며 '그 정도는 들이셔야죠.'라는 듯 예쁘게 웃었다. 그런데 희경 미용실은 파마 이만 오천 원에 염색이 삼만 원. 정말 이래도 괜찮은 걸까?

"몰라, 몰라 이런 날도 있어야지."

"대박 날 건가 봐."

아까 이모가 단골손님들과 나눈 이야기가 생각났다. 이모의 대박은 어느 만큼일까? 그래도 괜찮은 걸까 싶은 만큼의 돈만 건네고 나오며 그제야 맨 오른쪽 의자에 앉게 된, 색소폰을 배우기 시작한 올해로 예순둘이 되신 택시 기사님에게 '어떡해요, 저 때문에 너무 늦어지셔서.'라고 했더니 '첫차 타고 왔다가 막차 타고 가네!' 하고 호탕하게 웃으셨다. 정답고 유쾌해서 다 같이 한바탕 웃었다.

이모는 추운데도 밖에까지 나와서 우리를 배웅해 주었다. 막차 타고 가시는 아저씨에게 미안할 정도로 오래 우리를 배웅해 주었다.

"고마워, 와줘서."

인숙이 이모가 고맙다고 말했다. 이모의 '고마워'에도 꼿꼿함이 느껴졌다. 나는 그런 꼿꼿함이 좋아서 '또 올게요.' 하고 인사를 했다.

공기의 말을 듣기

그제는 모처럼 일찍 퇴근했는데 퇴근길이 참 좋았다. 날이 어두워지기 전이어서 좋았고, 생각지도 못한 장소에서 꽃을 발견해서 좋았고, 공기가 깨끗해서 좋았고, 그냥 뒤를 돌아보았을 뿐인데 아직 밝은 하늘에 달무리가 잔뜩 진 둥근 달이 떠 있어서 좋았다.

요즘은 일이 무척 바빠서 일주일에 사나흘은 야근을 하고 있다. 한번은 열두 시까지 이어진 적이 있어 놀라웠지만 처음이라는 점에서는 유의미하다고 생각한다. 반복되면 피곤하고 짜증 나겠지만 그날은 정말 열두 시까지 계속 몰아쳐서 일할 수도 있다는 사실에 새삼 놀라웠다. 그동안 꽤 한가롭게 살아왔구나 그런 생각이 들었다. 그러나 만일 많은 사람들이 '뭐 그까짓 일을'이라고 생각한다면 어딘가 잘

못된 것이라고 나는 생각한다.

일을 시작한 뒤부터 '시간의 증발'이 의아해서 하루에도 몇 번씩 고개를 갸웃거렸다. 비유로서 갸웃이 아니라 행동으로서의 갸웃. 벌써 4월, 어디로 갔을까 나의 1, 2, 3월은. 봄을 맞이하기 위한 준비도 제대로 못하고 봄을 맞았는데 꽃이 질까 초조해할 새도 없이 봄이 휙휙 지나고 있는 느낌이다. 아마도 휙휙이 내 쪽, 봄은 느긋하겠지.

아무리 생각해도 인생은 성취보다는 향유 쪽에 있다. 사흘 걸러 한 곡씩 좋은 곡을 찾게 된 것은 그 와중의 수확이고 인디밴드 '노리플라이'의 음악이 그 한가운데에 있다.

아침에, 밤에, 집에서 나오거나 집으로 돌아갈 때, 어디로 가는 길, 누구를 만나는 길, 그저 걷는 길, 그 모든 길 위에서 나는 공기의 말을 듣는다. 나뭇가지의 맵시, 구름의 흐트러짐, 하늘의 채도, 꽃의 포즈, 바람의 온도 같은 것들이 어우러진 공기의 말을 듣는다. 길고 오래된 이것은 나의 취미 중의 취미인데 고요나 평화와 깊게 연결되어 있다. 사랑하는 지호에게 반드시 전해주고 싶은 걸 하나 꼽으라면 나는 이것을 꼽겠다. 매일이 다른 자연의 흐름, 공기의 말을 듣기.

버겁고 고통스럽고 쓸쓸할 때 어쩔 수 없이 혼자일 때, 온몸으로 공기의 말을 듣다 보면 마음이 수긍을 한다. '괜찮아, 별거 아냐.' 같은 위로가 몸속으로 흘러들어 어느 때는 손가락 끝까지 퍼진다. 나는 매번 이것을 행운이라고 여긴다.

모두에게 이 행운이 어느 날 피어난 봄꽃처럼 찾아갔으면 좋겠다. 길 위에서, 내가 그렇듯 당신도 필연적으로 혼자일 때 괜찮을 수 있도록.

발톱 깎는 시간

부엌 베란다 창 쪽의 앙상했던 가지들에 이파리가 돋아나서 반투명 창문을 닫아도 연둣빛이 어른거린다. 개수대 앞에서 설거지를 하다가 오른쪽으로 고개를 돌리면 연두색 이파리로 꽉 찬 베란다 창이 보인다. 낡아빠져 더러운 베란다 벽쯤은 흠도 되지 않을 정도로 나뭇잎으로 꽉 찬 창이 마음에 든다.

환한 대낮에 마루에 혼자 앉아 발톱을 깎았다. 텅 빈 집에 톡, 톡 손톱깎기 맞물리는 소리가 울렸다. 틱, 틱이었나. 탁, 탁일지도. 한쪽 무릎을 세우고 고개를 숙인 채 발톱을 깎다가 세운 무릎에 뺨을 기대고 짧게 까끌해진 발톱 끝을 손가락으로 더듬으며 이 시간이 꽤 멋지다고 생각했다. 아무도 없는 집에서 고요하게 발톱 깎는 시간. 이런 시간들이 내게는 무척이나 아름다워서, '앞으로는 혼자 있을 때 발톱을 깎아야지. 밤 말고 낮에, 궂은 날 말고 맑은 날에, 그렇게 해야지.'라고 생각했다.

그러고 나니 93.1 주파수의 라디오 채널을 처음 찾았을 때나, 누구나 알지만 아무도 아름답다고 여기지 못했을 것 같은 짧고 소박한 산책길을 발견했을 때처럼 조용히 설레었다.

버튼만 누르면 들을 수 있는 라디오 채널같이, 언제든 찾아가 걸을 수 있는 산책길 같고 작고 사소한 즐거움을 많이 만들 것, 홀로 감탄할 것, 그 감탄이 멀리멀리 퍼져나갈 수 있게 깊게 감탄할 것. 우리 집 베란다 창을 두드리는 연두색 나뭇잎이 너의 마음을 흔들 수 있도록.

태도가 멋진 사람

수미는 나의 친구로 대학교 후배이기도 하다. 사람의 관계란 생물처럼 살아 움직이는 것이라 계속 변화하는데, 우리의 관계가 변화한 지점은 내가 오사카로 떠나기 전, 사당에서 함께한 어느 저녁이 분명하다.

그즈음의 나는 여러 가지 문제로 괴롭고 쓸쓸했다. 그럼에도 그날 저녁 술자리는 매우 즐거웠다. 우리는 많은 이야기를 나눴고 노래도 불렀으며 급기야 어떤 약속을 하기에 이르렀다. 수미는 내가 오사카에 가 있는 동안 시를 써서 보내겠다고 했다. 나는 너무 좋은 생각이라며 기뻐했다. 나는 누군가의 세계를 들여다보는 것을 좋아한다. 글을 읽는다는 것은 나에게는 그런 것이다. 다른 사람의 세계를, 그것도 아주 깊숙한 세계를 들여다보는 것. 어떻게 좋아하지 않을 수가 있을까?

　오사카에 도착해서 허공에 뜬 것 같은 시간을 보내고 있는데 수미의 첫 번째 시가 도착했다. 시는 시 홀로일 때도 있었고 안부의 편지와 함께일 때도 있었다. 시가 홀로일 때, 나는 시의 내용에 비추어 수미의 안부를 가늠했다. 많은 시 속에서 수미는 쓸쓸했지만 안부의 편지 속 수미는 씩씩했다. 나는 그 간격이 그대로 수미라고 생각했다. 홀로 사랑스럽고 쓸쓸하고 그러나 씩씩한. 수미는 내가 오사카에 있는 4년 동안 멈춤 없이 시를 보내왔다.

　지금도 눈에 선하다. 새벽에 노트북을 켜고 메일을 열면 도착해 있던 그 시들, 그 소식들을 빼고는 오사카를 떠올릴 수 없다. 나의 오사카에는 분명히 수미와 수미가 보내온 시들이 함께하고 있었다.

　내가 돌아오고 나서도 수미는 간혹 시를 보내왔다. 그리고 어느새 100편의 시가 모였다. 의미로운 일이었다. 나는 파티를 열어주고 싶었다. 100편의 시가 모인 기념으로 여는 시백 파티. 100편의 시 중에서 마음에 드는 시를 몇 편 골라 갔다. 술을 마시고 이야기를 나누다가 시를 읽었다.

　시백 파티에는 우리의 몇몇 지인들이 함께했다. 내가 정말 좋아하는 혜원이는 집에서 담근 와인을 들고 와 우리에게 나누어 주었다. 나는 너무 좋아서 와인을 꼭 끌어안고 맥주를 마셨다. 건우 씨는 시종일관 웃으며 함께 시를 읽어

주었다. 건우 씨는 목소리가 좋아서 시도 잘 읽는다. 황 피디는 이런 자리는 처음인데 생각보다 좋다고 감탄하는 모습이 무척 귀여웠다. 피곤해서 오지 않겠다는 우주에게 수미의 시를 몇 편 찍어 보내주었더니 잠시 후 어디냐며 연락이 왔다. 한 시간이 채 되지 않아 달려온 우주를 보는데 웃음이 났다. 오래 만나서 좋은 점이 있다. 그 사람의 마음을 움직이는 법을 자연스럽게 익히게 된다는 것.

그리고 수미는 매우 행복했다고 했다. 우리는 번갈아 가며 시를 읽었는데 근사했을 거라고 생각한다. 나도 언젠가는 내가 쓴 시가 울려 퍼지는 술자리를 갖고 싶다고 생각했다.

수미는 시를 쓰는 게 마지막 자존심이라고 했고 나는 그 말을 과감하게도 100프로 이해했다. 시보다 시인의 시선을 사랑한다는 말도 했는데 나 역시 그렇다. 눈에 닿는 무엇 하나 허투루 얕보지 않고 사는 일은 내 마지막 자존심이기도 하다. 그 작은 의미들이 결국 나를 의미롭게 만든다.

직장 생활을 오래 하다 보면 시를 쓰는 마음 같은 거 잃기 쉬울 텐데, 그 마음을 잃지 않은 수미의 자기다움이 나는 좋다. 시를 나누어 주다니 정말 고마웠다. 수미 같은 사람이 가까이 있어서 좋다. 멋진 일이라고 생각한다. 삶에 대한 태도가 멋진 사람이 내게는 가장 멋지다.

형편없다는
소릴 들어도

깨끗한 마음 따위 이제 어디에도 없는데, 누군가 '당신 참 형편없다.'고 하면 발끈 화를 내는 시시한 어른이 될까 봐 걱정이 된다. 두 달 전쯤인가 '4월 이야기'라는 일본 영화를 봤다. 두 번 다시는 돌아가지 못할 스물의 첫사랑 이야기인데 눈이 부실 정도로 깨끗하고 아름다워서 슬펐다.

지금의 이 시간도, 앞으로의 나도 두 번 다시 오지 않고 분명하게 '단 한 번'이라는 것을 알지만 앞만 보고 가고 싶지는 않다. 가끔 돌아보고 슬퍼한들 어때. 형편없다는 말을 들으면 나의 어디가 형편없는 걸까 생각할 줄 아는 사람이 되고 싶다.

어른 같은 거 되고 싶다고 생각한 적 없지만 아마 누구도 어른이 되고 싶지 않았을 거야. 어른이란 내가 원해서 되는 것이 아니라 시간이나 타인의 눈이 만드는 것이라는 생각이 든다. 나잇값 좀 하라는 말은 자주 폭력이 된다.

어느 날 남편에게 말했다.

"옛날에 내가 상처를 준 사람들이 몇 명 있거든? 너무 후회가 되는데 그때로 돌아가도 어쩔 수 없이 또 그럴 것 같아. 너무 나쁜 건가?"

그러자 남편이 말했다.

"상처를 줄 의도가 전혀 없었을 때도 상처를 받는 사람이 있는 게 인생이야. 네가 기억하는 것보다 훨씬 많은 사람들이 너 때문에 상처받았을걸? 나도 그럴 테고 누구나 마찬가지일 거야. 살아간다는 것 자체가 누군가에게 상처를 주는 일 아니겠냐."

이상한 일이지, '네가 기억하는 것보다 훨씬 많은 사람들이 너 때문에 상처받았을걸'이라는 말을 듣는 순간, 머릿속으로 파노라마처럼 상처들이 지나갔다. 작심한 차가운 말이나 경멸하는 눈빛, 비꼬는 듯한 미소 말고 무심코 선택한 단어나 짧은 거절, 은밀한 싫증 같은 것들이 주었을 상처가 지나갔다. 그리고 똑같은 이유로 내가 받았던 상처들도 떠올랐다.

그럼 이제 어쩌나, 주어버린 상처와 받아버린 상처를. 그럴 의도가 아니었는데도 상처받는 건 마음이 깊어서다. 그러니 어쩌면 방법이 없어서, 낮과 밤이 반복되는 것처럼 상처도 그렇게 당연히 받아들여야 하는 것인지도 모른다. 일일이 상처받으면 안 돼. 마음을 갑옷으로 무장해야 해. 그렇지만 그래도 가끔은 이런 말을 듣고 싶다.

"미안해. 그럴 마음은 없었어. 상처 주려고 했던 거 아니야. 속상하게 해서 미안."

어쩔 수 없이 우리는 상처를 주고받는다. 그래도 가끔은 진심으로 미안하다고 말해야 한다. 상처는 그래야 아무니까.

깨끗한 마음 따위 이제 어디에도 없지만 무심하게 상처를 주고는 상처 주고받는 일쯤이야 당연한 거니까 어쩔 수 없다고 외면하는 사람이 되고 싶지는 않다. 누군가 나로 인해 상처받았다면 진심으로 사과할 줄 아는 사람이 되고 싶다. 누군가 형편없다고 말해도 발끈 화를 내지 않는 사람이 되고 싶다. 나의 어디가 형편없는 걸까 생각할 줄 아는 사람이 되고 싶다.

될까 싶지만 되려고. 한번 해보려고.

길에서
닮은 사람을 만나면

월요일부터 밤 열 시에 퇴근하질 않나 요즘 뇌를 너무 많이 썼더니 머리가 점점 커지는 것 같다. 조만간 머리 큰 미녀로 거듭날 듯. 토끼 간처럼 뇌를 꺼내서 숲속 바위 위에 널어놓고 달빛에 맑게 씻고 싶다.

어제는 길을 가다가 오사카 우리 동네 목욕탕에서 자주 만나던 아주머니와 꼭 닮은 사람을 만났다. 너무 말라서 흔들거리던 그 걸음걸이까지 똑같았다. 아주머니는 항상 목욕하기 전에 등을 공처럼 구부리고 소파에 앉아 담배를 태우셨다. 툭 불거져 나온 아주머니의 등뼈, 비쩍 마른 등에서 아주머니의 고단한 하루가 비쳤다. 눈이 마주치면 '곤방와.' 하며 웃어줬는데 그 설핏한 웃음이 오래 남아 지금도 기억이 난다. 마주 보고 웃었는데도 꼭 옛날 그림을 보는 기분이었지.

간혹 세상에 꼭 닮은 사람들이 있어 길에 서서 흠칫 놀란다. 가까워질수록 닮지 않은 구석들이 보여 아니구나 하며 스쳐 지나가는데 애틋한 마음이 들 때가 있다. 어제의 그 아주머니처럼 낯선 사람에게도 애틋한 마음이 들 때가 있다. 구부러진 등으로 기억되는 사람도 있다.

길에서 나랑 꼭 닮은 사람을 만나거든 애틋하게 생각해 줬으면 해. 그리고 숲에서 만나. 같이 뇌를 널어놓고 숲속에서 바람을 쐬며 흥얼거리자.

나이테에도
비밀이 있다

어제는 퇴근길에 맥주가 마시고 싶었다. 어디로 갈까 마땅한 곳을 찾았지만 여기도 저기도 사람이 너무 많아서 싫었다. 말을 하고 싶기도, 하고 싶지 않기도 했다.

그제는 나이테에 대한 이야기를 들었다. 나이테를 잘 살펴면 나침반 없이도 남쪽과 북쪽을 알 수 있다고 한다. 나이테가 넓은 쪽이 남쪽, 좁은 쪽이 북쪽. 햇볕을 많이 받은 남쪽은 나무가 성큼 성큼 자라서 나이테와 나이테의 사이가 넓고, 햇볕을 적게 쬔 북쪽은 더디게 자라서 나이테 사이가 좁다고 한다.

나는 나무를 좋아해서, 울창한 나무 밑은 걸어만 다녀도 축복이 한가득 쏟아지는 기분이 든다. 그런데 세상의 나무들이 따뜻한 쪽으로 기울어 넓어져 가고 있다 생각하니 우주가 1.5배쯤 더 아름다워진 느낌이었다. 따뜻한 걸 좋아하는 거였구나, 너도 좋아하는 게 있구나.

묵묵한 나무도 따뜻한 쪽으로 기운다. 생명 있는 것들은 자연스럽게 따뜻한 쪽으로 기운다. 나무들이 줄지어 선 길을 걸어갈 땐 노래를 불러야겠다. 음음, 낮은 허밍이라도 들려줘야지.

나의 노래를 들으려고 몸을 슬그머니 기울일 나무를 상상한다. 내 노래를 들으며 천천히 넓어질 희고 깨끗한 나이테를 상상하니 우주가 세 배쯤 아름다워진 것 같다.

우주가 아름답기가 참 쉽다.

불안이
나를 불안하게 해

뜨개질을 시작했다. 어쩌면 사는 일이라는 건 고뇌의 연속일지 모르겠다는 생각이 든 후부터 많은 게 조심스럽고 두려워졌다. 낙관이 낙관적인 상황을 가져온다고 믿었던 나는 삶은 고뇌라는 이 생각이 삶을 지배할까 봐 걱정이 된다. 터무니없이 미신적인 생각일지 모르지만 두려움이 두렵다.

생각해 보면 불안 없이 살아왔던 것 같다. 슬픔이나 우울은 있었어도 그동안의 나는 불안을 몰랐다는 생각이 든다. 진정한 의미에서의 불안. 그건 불안이 다가올 일과 연관되어 있기 때문인지도 모른다.

나는 앞으로의 일 같은 것에 대해 구체적으로 생각하거나 그리지 않는 인간이기 때문에, 앞날에 대해서는 잘되겠지라는 낙관만 갖고 있는 인간이기 때문에 불안을 몰랐다. 불안이란 일어나지 않은 일들과 관련된 것이니까, 아직 벌어지지 않은 일에 대해 이러지도 저러지도 못하고 손톱만 물어뜯는 것이 불안이니까 나는 불안하지 않았다. 그런데 이제 삶은 어쩌면 고뇌의 연속이 아닐까 하는 생각이 들었고 '정말 고뇌의 연속이면 어쩌나' 싶어 앞으로의 시간들이 불안해졌다.

뜨개질을 시작한 건 그래서였다. 바늘을 찔러 넣고 실을 돌리고 빼내는 일을 반복하는 동안엔 그럭저럭 불안하지 않을 것 같아서. 막상 시작해 보니 너무 간단해서 손을 놀리면서도 잡생각이 끼어든다. 다음엔 좀 더 복잡한 방법의 뜨기를 시도해 봐야겠다. 마음을 다스리는 일이 이렇게나 어렵다.

방이 이렇게 따뜻한데, 빨래도 저렇게 잘 말랐는데, 잠든 남편과 지호의 숨소리가 이렇게 고른걸. 아무 일도 일어나지 않았는데 불안 속에 앉아 있다. 다행인 건 크리스마스트리의 작은 전구들. 크리스마스트리의 불빛은 이상하게 평화롭고 따뜻하다.

트리 옆에서 캐럴을 들으며 뜨개질을 하고 있는 더없이 평화로운 이 장면 속에 불안이 작은 파도처럼 철썩이는 건 나밖에 모르는 일. 그러니 우리는 '나는 너를 알아.'라고 말해서는 안 된다.

여름의 오후

집 앞 도서관에 책을 반납하러 갔는데 갈 때 쓰고 간 양산
이 올 때는 우산이 되었다. 책을 돌려주고 새로 빌려 나오
는 사이 장대비가 쏟아졌다.

도서관 옆에는 낡은 공중전화가 한 대 있는데 왼편의 위
쪽 유리가 깨져 있었다. 잘게 부서진 유리 조각들이 바닥에
흩어져 있었다. 누가 이렇게 화가 났을까? 누군가 일부러
깨뜨린 게 분명한 공중전화의 빈 창을 보며 깨져버린 마음
을 생각했다.

저렇게 산산조각 내버릴 만큼 화가 났었나, 왜 화가 났을
까, 지금은 괜찮을까, 부서진 유리 조각들이 누군가의 마음
같았다. 이제는 괜찮아졌기를, 누구의 마음이든 평화로워
지기를, 그런 생각을 하며 걷는데 빗줄기가 굵어서 발이 다

젖어버렸다.

집에 와 먼지와 비로 더러워진 발을 씻고 마루에 앉았는데 어두웠다. 마루 형광등이 고장난 오후 한 시의 어둠이 낯설었지만 나쁘지 않았다.

새로 빌린 책들을 훑어보며 빵 한 개를 다 먹었고 '살이 찌겠어.' 생각하며 가만히 비가 오는 소리를 들었다. 비가 들이칠까 봐 빨래를 널어놓은 쪽 베란다 문을 닫고 불을 환하게 밝힌 방에서 일기를 쓴다.

나뭇잎에 비 떨어지는 소리는 언제 들어도 좋다. 나무 밑에서 고개를 들고 바라보면 홑장의 나뭇잎도 있고 나뭇잎이 서로 겹쳐 초록이 짙어진 부분도 있다. 혼자일 땐 가볍고 둘일 땐 짙어지는 초록이, 그 무수히 많은 잎들이 연두연두, 초록, 초초록 하는 모습을 보는 게 나는 그렇게나 좋다. 나무 밑에 가만히 앉아 간혹 위를 바라보고 웃다가 그 초록의 그늘 속에서 나직하게 노래를 부르다가 풀 냄새 가득한 공기 한 모금, 맥주 한 모금, 그렇게 이 여름을 보내고 싶다.

오늘, 길에서

오늘, 길에서

어떤 아기 엄마는 유모차를 세우고 아기에게 초승달을 보여주었다.

어떤 남자는 술에 취한 여자 친구의 팔을 붙잡아 주었다.

어떤 부부는 뒷다리를 주면서 앞다리 값을 받은 거 아니냐며 포장해 온 족발 값에 대해 이야기를 나누었다.

열여섯이나 열일곱쯤 되어 보이는 남학생들은 서로 '개새끼야'를 주고받으며 무단횡단을 했다.

'개새끼들 존나 보기 좋네.'라고 나는 생각했다. 그리고 모두가 아름다워 보이는 것도 병이라고 생각하면서 모두를 보며 웃었고 친구를 만나 취했다.

우리는 중요한 것들만 생각하기로 했다. 지금의 마음을

인정하기로 했다. 억지로 마음을 만들지 않기로 했다. 안 좋은 데 좋은 척, 좋은 데 안 좋은 척하지 않기로 했다. 솔직한 게 더 곤란을 준대도 그냥 그러고 싶었다. 있는 마음을 없는 척하기도, 없는 마음을 있는 척하기도 싫었다.

나는 우리의 결론이 꽤 마음에 들었다. 굽었던 어깨가 살짝 펴졌다. 가슴은 더 활짝 펴진 것 같았다. 그냥 그러기로 했을 뿐인데 마음이 벅찼다.

그리고 시간이 흘러간다. 벅찬 마음도 흘러가겠지. 그래도 모든 것이 예외 없이 흘러가 버리는 건 아니다. 어떤 결심은 남고, 어떤 장면도 남는다. 그러고 나니 지나가는 개새끼들, 모르는 사람들까지 존나 다 보기 좋았다. 사랑스러워서 다행이라고 생각했다.

다,

다 아름다워.

대단히 취한 건 아니다.

지하철 바닥에서
옮겨 붙은 껌딱지

요즘에도 바닥에 껌을 뱉는 사람들이 있다. 그것도 지하철 바닥에. 지하철 안에서 붐비는 입구에 서 있다가 사람들에게 밀려 안쪽으로 들어가려는데 으응? 누가 붙잡는 것 같아 내려다보니 신발 바닥에 껌이 붙어 있다. 퇴근길 만원 지하철 안에서 신발 바닥에 껌이 붙다니, 젠장, 이라고 생각하려는 찰나에 요즘도 껌 뱉는 사람이 있나 싶어 어쩐지 피식 웃음이 났다.

어렸을 때 친구들이랑 껌을 열심히 씹다가 누가 누가 멀리 뱉나 내기도 했었는데 그때 생각이 나서 정겨워졌다. 우물우물 껌을 씹고 단물이 빠지면 '푸!' 하고 멀리 뱉기 놀이를 했었다. 그랬지, 그런 일도 있었지.

문득 신발에 딱 붙어 떨어지지 않는 껌딱지가 귀여워졌

다. '언젠가 내가 뱉었던 껌이 돌고 돌아 나를 찾아온 것일지도 몰라.' 그런 신나는 상상도 했다. 좋아, 내가 잘 데리고 나가서 바깥 공기 쐬어 줄게. 꼭 붙어!

이 마음이 어디서 왔냐면 어제 집에 꽂아둔 꽃에서 왔다. 엄마, 아빠 결혼기념일이라 꽃 한 다발을 사 갔는데 꽂아두고 보니 참 예뻤다. 그때 마음이 좋았어. 그래서 지하철 바닥에서 내 신발로 옮겨 붙은 껌딱지도 귀여워. 이게 내가 마음을 돌보는 방식이다.

사랑이
이렇게 이어진다

까슬까슬한 이불을 덮은 지호의 다리를 주무르다 보니 할머니 생각이 난다. 자려고 불을 껐는데 지호가 잠이 안 온다고 해서 어둠 속에 앉아 지호의 다리를 꾹꾹 주무르는데 언젠가 지금과 꼭 같은 밤을 보낸 기억이 났다.

그때는 내가 지호처럼 누워 있었고 할머니가 내 다리를 주물러 주고 있었지. 오늘로 이틀. 다리를 주무를 때마다 할머니 생각이 난다.

할머니 손에는 이상한 힘이 있어서 등을 천천히 문지르기만 해도 다리를 살살 주무르기만 해도 스르륵 긴장이 풀어졌다. 정다웠던 그때, 잠이 솔솔 왔다. 깜박 잠들었다가도 내가 눈을 반쯤 뜨고 '할머니.' 하고 부르면 할머니는 불경을 외다가도 멈추고 '어여 자.' 대답하며 다리를 몇 번

쓸어주었다. 이제 잠이 들었나 싶을 때쯤 지호도 '엄마.' 하고 부른다. 그러면 나는 할머니처럼 손을 멈추지 않고 '응, 자자.' 하고 어른다.

할머니가 어떤 마음이었는지 같은 자리에 앉고 나서야 안다. 없었던 일인 듯 까맣게 잊고 지냈는데 어둠 속에 앉아 보드라운 지호의 다리를 만지고 나니 그때의 할머니를 알 것 같다.

달빛이나 가로등 불빛만 겨우 들어오는 어둠 속에서 할머니도 나처럼 이런저런 생각에 잠기곤 했겠지. 오늘 있었던 일이라든지 내일의 근심, 사소하거나 오래된 걱정 같은 것이 머릿속에서 맴돌았겠지. 눈을 감고 주무르다 잠이 스르르 찾아와 노곤해지기도 했겠지. 그러면서도 끊임없이 다정하게 '잘 자렴, 잘 자렴.' 그런 마음이었겠지.

어렸던 내가 꿈도 꾸지 않고 달게 잘 수 있었던 건 할머니 때문이었나, 할머니가 내 주위에 둘러준 사랑 때문이었나. 그때 내 다리도 지금 지호의 다리처럼 보드라웠을까. 그래서 할머니의 손바닥을 부드럽게 채워줬을까. 지호가 잠들고 나서도 조금 더 다리를 주무르다 보니 할머니도 그랬을 것 같아 나도 모르게 픽 웃었다.

예기치 못한 순간에 몰랐던 마음을 깨닫고 오래 곱씹는다. 열어둔 창으로 여름밤의 달빛이 넘어 들어오는 방에 앉아 나는 오래전 할머니가 건네준 사랑을 받는다. 어둠 속에서 흔들흔들, 몸을 앞뒤로 흔들며 내 다리를 주물러 주던 할머니의 실루엣에 내 모습을 겹쳐놓는다. 사랑이 이렇게 이어진다.

있을 듯 말 듯한 행복

산수유꽃이 진 자리에 잎이 돋는다. 봄꽃은 잎이 늦게 나오는데 잎의 기세가 너무 싱그러워서 꽃이 지는 걸 아쉬워할 틈이 없다.

　오늘 아침엔 오래 끌어오던 책을 끝까지 읽었다. '인생은 사실 이렇다. 사고가 있고, 운이 있고, 사랑이 있고, 외로움이 있다. 즐거움이 있고, 슬픔이 있고, 빛과 죽음, 그리고 있을 듯 말 듯한 행복이 있다. 이러한 것들을 잊지 말아야 한다.' 왜 이 구절에 밑줄을 그었나 나중에 생각해 보니 '있을 듯 말 듯한 행복' 때문이었다. 이렇게도 말할 수가 있구나, 있을 듯 말 듯한 행복. 옮겨 적다 보니 어쩐지 눈물이 날 것 같다. 그래도 요즘엔 길에 아름다움이 공기처럼 널려 있어서 울 겨를이 없다.

사전 투표를 하러 나갔다가 생각보다 줄이 길어서 그냥 집으로 돌아왔는데 그냥 오기 아쉬워서 한 바퀴 멀리 빙 돌아왔다. 스무 걸음 이상 연이어 걷기 힘들 만큼 눈 닿는 데마다 온통 빛나는 것뿐이라 자주 멈춰 섰다. 혼잣말이 툭툭 튀어나왔다.

철쭉이 피기 시작했고 목련은 투둑 소리를 내며 떨어졌고 앵두는 이파리만 남았다. 멀리서, 가까이서 봐도 새잎의 연두는 사랑스러운데 벚꽃은 화르르 졌다. 어느 것 하나 숨 쉬지 않는 게 없는 봄, 봄의 호흡으로 마음이 빛났다.

있을 듯 말 듯한 행복 때문에 아쉬울 것 없다. 많은 행복들이 구름처럼 내 머리 위를 지나갔다는 걸 안다. 지나서, 갔다. 행복은 머물지 않고 흘러가는 것이라 잡지 못했다고 나를 바보 취급할 생각은 없다. 오늘 봄의 들숨과 날숨에서 얻은 기운이면 되었다.

어느 날은 또 행복의 구름이 내 머리 위를 지나가겠지만 굳이 손꼽아 기다리지 않는다. 다만 길가의 꽃들을 가만히 들여다보고 있으면 있을 듯 말 듯한 그 마음이 눈부시게 조용히 지나가는 것 같아 고마운 마음이 든다. 누구에게랄 것 없이 고마운 마음이 든다. 고마워.

내 마음을 떼어다가
붙여주고 싶은 날

오랜만에 식구들 모두 외출하고 혼자 집에 있게 되었다. 설거지하고 청소하고 쓰레기 버리고 오래전부터 벼르던 '윤희에게'라는 영화를 봤는데 또 엄청 울고 말았다. 세상에 훌륭한 영화가 너무 많아서 이렇게 보다간 눈물 마를 날이 없겠다. 올해 봐야 할 영화 수는 모두 채운 듯.

일을 하려고 마루에 조용히 자리를 잡고 앉았는데 갑자기 비가 올 것 같은 바람이 불길래 온 방의 창문을 모두 활짝 열어두었다. 바람이 집 안을 통과하며 남기고 가는 바깥 공기의 냄새가 나는 좋다. 콰콰쾅 천둥까지 요란하게 비가 쏟아지더니 금세 멈췄다.

가끔 나는 마음을 떼어다가 누구에게든 붙여주고 싶을 때가 있다. 내가 느끼는 감정을 전달하기에는 말이 부족하기 때문이다. 언제나 말이 부족하다. 마음 쪽이 훨씬 좋다.

비가 그친 오후, 마루에서 불도 안 켜고 'Rosa Morena'를 듣고 있는 지금의 내 마음을 누구에게든 붙여주고 싶다. 멈춰서 물끄러미 공기 속으로 들어가면 십중팔구 좋은 답을 얻게 된다. 행복이 대수로운 것이 아니라 참 다행이다.

무적의 트리오

인생에는 없는 게 없다. 내 인생에도 없는 게 없는데, 없어
도 될 것들까지 있어서 문제지만 가만히 생각해 보면 그렇
다. 없어도 될 것들이라는 것은 누가 정하는가. 인생을 이
루는 것은 누가 정하는가. 시간이 흐를수록 나는 운명론자
가 되어가는데, 이 모든 것들이 정해진 수순대로 갈 길을
갈 뿐이라는 생각이 든다.

그래서 나의 인생을 이루는 모든 것들이, 있어서 좋은
것, 없었으면 좋은 것, 그 모든 것들이 그저 자기의 자리에
서 할 일을 할 뿐이라는 생각이 든다. 그것이 인생이라면
내 인생에 지호와 언니, 정림이 이 셋이 존재한다는 것만으
로도 나의 삶은 충만이 아닐 수 없다.

성공이라는 말로는 다할 수 없는 충만이 나에게는 있다.

나에게는 충만이 있어서, 인생이라는 정체를 알 수 없는 거대한 터널 앞에서 겸손하게 감사의 인사를 보낸다. 고마워, 나에게 무적의 트리오를 보내주어서.

여전히 한 치 앞을 몰라 두렵지만 나는 트리오의 손을 꼭 잡고 암흑의 터널로 뚜벅뚜벅 걸어간다.

아, 암흑의 터널이라니, 생각만 해도 싫은데 뚜벅뚜벅 가는 건 다른 길이 없기 때문이고, 내가 뚜벅뚜벅 가야 트리오도 힘을 받아서 뚜벅뚜벅 갈 수 있기 때문이다. 나는 이것을 '더없는 사랑'이라고 부른다. 사랑, 사랑뿐이야. 어두운 터널을 밝혀주는 건 오직 사랑뿐이다.

손잡고 입구에 서면 터널 끝까지 밝아오는 것 같다. 보이지 않는 출구도 눈앞까지 끌어와 환하게 밝힌다. 그러니 어떻게 사랑을 믿지 않을 수 있겠어.

잊지 마. 사랑, 언제나 사랑뿐이다.

나의 쓸모

모처럼 덥지 않은 아침이다. 우리 집 뒤에는 동네 놀이터가 있고 오래된 나무들이 많아서 바람이 잘 드나드는 날, 앞뒤 베란다를 열어두면 마루에서도 나무 냄새 속에 앉아 있을 수 있다.

바깥에는 매미 소리가 쏟아지고 있다. 쏟아진다라고 말하고 나면 주워 담아야 할 것 같은 기분이 드는데, 매미 소리를 주워 담아 어디에 쓰지? 코트 주머니에 넣어두었다가 한겨울에 꺼내어 들으며 '여름, 여름 그럴 때가 있었지, 맴맴.' 하고 추위를 다독여야 하나? 어떤 말들은 마음속에서 반복되어 울린다.

나의 쓸모 중 어떤 쓸모에 별표를 해놓느냐는 매우 중요한 문제다. 여러 가지 쓸모 중에 의미 있는 것이 무엇인지 생각하는 일은 삶을 대하는 나의 태도나 가치와 연결되어 있다.

나는 멜로디, 될 수 있다면 멜로디가 되고 싶다. 나에게서 작고 아름다운 멜로디가 끝없이 흘러나와 주위의 사람들과 나른하고 평화로운 시간들을 보낼 수 있다면 더할 나위 없겠다. 아끼는 멜로디를 들으면 어디에 있든 어떤 곳에 있는 것 같듯이 시간이나 공간에 휘둘리지 않는 멜로디가 되고 싶다.

다정한 공기 속에 멀리멀리 퍼져나가는 우리의 웃음소리, 우주의 평화와 맞닿아 있는 사소한 만족감, 그 뒤에 흐르는 멜로디가 되고 싶다. 언제든 요긴할 나의 쓸모.

사는 일이 싫어지지는 않았다.
버겁지만 빛났고 가혹했지만 소중했다.

2장 오사카의 일기장

우디 라이프 아오키
301호

오사카의 변두리에 벤텐초라는 동네가 있는데 그곳에 우리 집이 있다. 우디 라이프 아오키 빌라 301호. 손바닥 반만 한 현관 키 하나로 딸깍 쉽게 문을 열 수 있는 우리의 새집. 우리는 방 두 개에 거실 하나인 집을 얻었다.

방 두 개 중 하나는 다다미방이고 다다미방 쪽에 베란다가 붙어 있다. 5층짜리 빌라의 3층 집이라서 베란다에 나가 몸을 조금 내밀면 골목 끝까지 보인다. 주변이 대부분 낮은 주택들이어서 우리 건물 정도면 꽤 높은 편에 속한다.

오사카에 도착해서 한동안은 어쩌면 내 재능은 빨래에 있는 게 아닐까 싶을 정도로 열심히 빨래를 하며 지냈다. 하루에도 서너 번씩 빨래를 돌리고 옷걸이에 가지런히 걸어 건조대에 착착 널어놓으면 참 보기가 좋았다. 가만히 앉아 무언가를 읽거나 쓰는 시간은 여전히 이른 아침뿐이다.

사실은 비자 기한이 지나서 오사카 간사이 공항에 발을 들이자마자 출입국 관리소에 붙들려 있었다. 남편은 2월에 오사카로 들어왔지만 지호와 나는 한국에서 살던 집 문제로 5월이 돼서야 올 수 있었다. 한국에서 집 정리를 하는 동안 재류 자격 비자 기한 3개월이 지나버린 것이다.

11시 넘어 공항에 도착한 나는 졸려서 칭얼대는 지호를 안고 무거운 짐을 둘러매고 공항 직원의 제지를 받았다. 당황한 나는 공항 직원이 하는 말을 알아들으려 무척 애썼지만 안 된다는 거부의 의미만 이해했을 뿐 영문도 모른 채 공항의 후미진 사무실로 안내되었다.

남편은 남편대로 입국장에서 우리가 나오지 않아 애를 태우며 기다리고 있었다. 어찌어찌 의사소통이 되어 마중 나와 있던 남편에게 연락해 겨우 풀려났다. 비자 신청과 외국인 등록을 다시 해야 한다고 했다. 말도 통하지 않는 공항 사무실에서 나와 지호를 두고 키득거리는 공항 직원들 앞에 앉아 있는데 꽤 다이내믹한 출발이라는 생각을 했다.

그날 열두 시 넘어 우디 라이프 아오키 빌라 301호에 첫 발을 들였다. 집과 역 앞, 편의점만 오가다가 얼마 전엔 자전거도 장만했다. 자전거를 장만하고는 본격적으로 동네를 구석구석 돌아다니기 시작했는데 동네 곳곳에 크고 작은 공원들이 꽤 많아 신이 났다. 그중에 이소지 코엔이라는 넓은 공원도 있는데 꼭 옛날 학교 운동장 같았다. 긴 타원형의 공원 한쪽엔 야구장이 있고 공원 가장자리로 자전거 길과 조깅 트랙이 나란히 이어져 있다. 커다란 나무와 벤치도 많아서 틈날 때마다 와야지 마음먹었다.

아직도 아침에 일어나면 가끔 어쩌다 여기서 눈을 뜨게 된 거지? 어리둥절하다. 어쩌다 보니 오사카에 살고 있다. 가장 마음에 드는 건 이곳의 날씨다. 바람이 잦고 느닷없이 빗방울이 쏟아지곤 하는데 그래서인지 저녁 무렵 하늘이 매일 새롭게 아름답다.

그리고 골목길. 낮은 주택들이 이어진 골목을 걷다 보면 일본 영화 속에 들어와 있는 것 같다. 이웃들이 문 앞에 내놓고 키우는 꽃 화분들이 골목을 화사하고 싱그럽게 만들어 주는데 그게 꼭 영화 속에서 본 장면과 닮았기 때문이다. '우디 라이프 아오키'라는 알쏭달쏭 뜻 모를 우리 집 이름도 마음에 든다. 무슨 빌라 이름이 이렇게 길고 귀여워?

머무는 동안 이곳에서 어떤 시간을 보내게 될지 모르지만 저녁 무렵에 자전거를 타고 동네 골목을 달리다 보면 시간이 많이 흐른 후에는 분명 지금을 그리워하게 될 것 같다는 생각이 든다. 그런 예감으로 오사카에서 첫발을 뗀다.

한없이
사랑이 분다

아침에 동네 공원에 앉아 있으니 할아버지, 할머니들이 하나둘 모이기 시작한다. 열 명 남짓 모이더니 둥글게 서서 맨손체조를 시작하신다.

조금 떨어진 벤치에 앉아 있어서 구령 소리가 들리지 않았던 나는 리더가 누군지 궁금해서 자세히 살펴보았다. 손도 발도 반박자 빨리 나가는 단발머리 할머니가 리더가 분명함. 아침부터 진지하게 체조를 이어가는 할머니, 할아버지들의 모습이 보기 좋았다. 칠십은 족히 되어 보이는 어떤 할아버지는 깨끗하게 세탁된 야구복을 정식으로 차려입고 공원을 가로지른다. 그것도 보기 좋았다. 역시 야구의 나라다워. 근사해, 너무 근사해.

한 동네에 몇 년씩 살다 보면 아이들이 커가거나 할아버지, 할머니들이 늙어가는 모습을 지켜보게 된다. 얼마 전까지 기저귀를 차고 뒤뚱거렸던 것 같은 아이가 자전거를 타고 따르릉거리며 지나간다. 할머니들은 천천히 등이 굽고 할아버지들은 본인들이 매일 입는 점퍼처럼 조금씩 낡아간다.

커다란 나무의 굵은 가지가 베어졌다가 다시 자라는 과정이나 가게의 간판들이 얼룩져가는 모습도 보게 된다. 자주 가는 가게의 알바생이 바뀌기도 하고 동네 의사 선생님 흰머리가 조금 늘기도 한다.

돌아보면 살던 동네를 다 좋아했다. 분명히 좋아할 구석들이 한군데씩 있었다. 초등학교 때 살던 집은 산동네에 있었는데 비탈길에 핀 꽃과 나무들이 좋았다. 그다음에 살았던 집 앞에는 육교가 있었는데 육교 위에서 보는 먼 하늘이 좋았고, 그다음 집은 저녁마다 골목에서 밥 짓는 냄새가 풍겨와 좋았다. 이 집은 된장찌개, 저 집은 고등어구이, 저녁 짓는 냄새는 행복한 거구나 그때 알았다.

결혼하고 처음 살았던 집은 뒤창을 열면 목련나무가 있어서 좋았고, 두 번째 집은 산과 가까워 공기가 깨끗해 좋았다. 세 번째인 지금 집은 조용히 산책할 길이 많아 좋다. 이웃들이 골목에 내놓고 정성껏 가꾸는 화분들을 열심히 바라보며 걸어 다닌다.

어제는 자전거를 타는데 자전거 길에 내려앉은 비둘기

들이 길을 비켜주지 않았다. 이건 또 무슨 배짱들이야 구시렁거리다가 하는 수 없이 내가 비둘기를 비껴갔다. 그러자 '왜 꼭 비둘기가 비켜줘야 해, 내가 비둘기한테 양보할 수도 있지.' 그런 생각이 들면서 마음이 좋아졌다.

더없이 사소하게 살고 있다. '살아있어.'라고 분명히 말할 수 있을 만큼 아주 사소하고 진지하게 살고 있다. 주위를 가만히 지켜보고 마음에 담는 일을 반복하면서, 사소하고 진지하게.

고맙게도 나는 해준 게 하나도 없는데 바람도 햇빛도 나무도 자꾸 나에게 베풀어 주기만 한다. 한없이 사랑만 준다. 가만히 앉아만 있는데, 한없이 사랑이 분다.

슬픔이
낭만이 되는 시기

두 달 전쯤인가 이런저런 얘기 끝에 '슬픔이 낭만이 되는 시기는 지난 것 같다.'고 남편이 말했다. 그 짧은 문장으로 지금의 남편을 다 봐버린 것 같아 나는 '그래요? 나 때문인가…' 그저 얼버무리고 말았지만 좀 서글펐다.

남편은 걸핏하면 울고, 툭하면 센티해지고, 오랫동안 자신이 시인이 될 것을 의심하지 않고 살아온 사람이었다. 비가 오면 비가 와서, 눈이 오면 눈이 와서, 가을이 오면 가을이 와서 도대체 어쩔질 못하는 사람이었다.

스물둘 무렵의 남편이 나에게 자신의 습작 노트를 보여준 적이 있는데 아마 그때 그 노트를 보지 않았더라면 나는 이 사람과 결혼하지 않았을 것이라고 지금도 확실히 말할 수 있다. 괴상한 글씨체로 썼다 지우기를 반복한 그 노트는 내가 태어나 처음으로 본 누군가의 '습작 노트'였다. 노트는 굉장히 인상적이었다.

글을 통해 누군가의 내면을 들여다본 적이 있는 사람은 그 일이 얼마나 외면하기 힘든 일인지 안다. 습작 노트에 가득했던 시들을 읽으며 나는 시를 쓰고 싶어 하는 마음과 시를 쓰려고 애썼던 마음과 시가 써지지 않아 괴로워했던 마음, 그 전부를 볼 수 있었다.

읽기는 좋아했지만 '쓰기'와는 거리가 멀었던 당시의 나에게 그건 일종의 충격이었다. 나는 무언가를 열정적으로 해본 일도, 해보고 싶다고 생각해 본 적도 없었기 때문에 사로잡힌 듯 무언가에 열중했던 누군가의 흔적이, 그것도 아주 생생하게 적힌 그 흔적이 무척 아름답게 느껴졌다.

이후 남편이 일상에서 보인 다소 삐딱하거나 유치하거나 치기 어린 행동들을 나는 삐딱하거나 유치하거나 치기 어리다고 생각하지 않았다. 이건 좋고, 이건 싫고가 아니라 이것도 이 사람이고, 저것도 이 사람이라는 식으로 남편을 통째로 받아들이려 했기 때문이다. 습작 노트 후광효과라면 후광효과랄 수 있겠다.

어쨌든 그랬던 남편이 이제 슬픔이 낭만이 되는 시기는 지났고, 그 사실 자체도 그렇게 쓸쓸하게 느껴지지 않는다고 말한 것이다. 그 말이 계속 마음에 남아서 이렇게 글로도 쓰게 되었다. 미안하기도 했고 서운하기도 했다. 그리고 사실은 이런 말도 하고 싶었다. 미안하지만 나는 지금도 좀 그렇다고 말이다.

'슬픔이 낭만이 되는 시기'라는 게 어떻게 슬픔과 낭만에 대한 이야기일 뿐일까. 나는 여전히 세계가 궁금하고 놀랍고 아름답고 측은하다. 바람이 불면 기쁘고, 구름이 몸만 비틀어도 귀엽고, 나무가 한자리에 그토록 오래 서 있었다는 사실에 감동한다. 거리의 할아버지들이 다정하게 느껴지고, 쉽게 싸우고 쉽게 화해하는 아이들이 사랑스럽다. 해의 움직임을 따라다니는 그림자가 신기하고, 비 온 뒤 금세 말짱해지는 하늘을 보며 갸웃거린다.

내가 여전히 그렇다는 게 자꾸 남편에게 미안하다. 미안한 만큼 잔소리를 하지 않게 되고 그저 응, 응 하게 된다. 나도 언젠가는 덤덤히 그런 시기는 지난 것 같다고 말할 날이 올지도 모르겠다. 오더라도 되도록 천천히, 가더라도 아주 가지는 않았으면 좋겠다.

지금도 열심히 무언가를 쓰며, 꿈꾸며 '슬픔이 낭만이 되는 시기'를 살고 있는 친구들에게 그 시절이 오래 지속되기를 바란다. 이미 슬픔이 낭만이 되는 시기를 지나왔다고 느끼는 더 많은 고단한 친구들에게는 진심을 담아 나의 사랑을 전한다.

유코 이야기

일본에 와서 나는 '말'이 가진 위력을 새삼 실감했다. 나의 마음을 온전히 나의 '말'로 표현할 수 없는 일이 반복되자 존재가 사라져 버리는 것 같았다. 하고 싶은 말이 아닌 할 수 있는 말을 해야 했다. 지호가 일본 유치원을 다니게 된 것이 결정적이었다. 특히 유치원에서 걸려오는 전화는 정말 난감했다. 겨우겨우 아는 단어 몇 개로 선생님이 하는 말을 추측해서 '하이, 하이.' 대답했지만 내가 이해한 내용은 틀리기 일쑤였다. 그래서 매일 아침, 지호가 유치원 버스를 타는 정류장에서 지호의 친구 유이카나 그 엄마와 함께 버스를 기다리는 5분 혹은 10분 남짓한 시간들조차 무척 피곤하게 느껴졌다. 오후에 아이들이 유치원에서 돌아오기를 기다릴 때는 버스정류장에 단둘이 있어야 했는데,

물론 그녀의 두 살 난 아들도 함께이긴 했지만, 그 시간이 부담스러워 집에서 나가기 전 가슴이 두근거리기도 했다. 나는 그녀와의 대화를 피하기 위해 유치원 버스가 도착하기 바로 직전에 도착하고는 했다. 그러다 보니 버스가 먼저 와서 나를 기다리는 경우도 종종 있었다. 아이들을 데리고 도서관이나 공원에 같이 가자고 하면 집에 일이 있다고 둘러댔다. 곤란한 시간들이었다. 이런 일본어에 대한 피로를 떨쳐버릴 수 있었던 게 결국은 나에게 가장 큰 피로를 주었던 유이카의 엄마 덕분인데, 그녀가 바로 유코다.

교내 영어 말하기 동아리에서 만난 남편과 대학 졸업 전에 결혼한 유코는 이곳 벤텐초에 와서 산 지 3년 정도 되었다고 했다. 고향은 나가사키, 영어를 좋아하는 스물여섯의 유코.

일본어에 대해서는 아무리 생각해 봐도 부딪쳐 보는 수밖에 없다는 결론이 났다. 스트레스를 가지고 가는 것보다 떨치고 가는 게 더 낫다는 것 정도는 알고 있었으니까. 공부한답시고 대충 일본어 회화책을 뒤적이다가 동네를 어슬렁거리거나 혼자 여기저기 쏘다니는 일은 영혼엔 더없이 좋은 일이었지만 일본어 실력을 늘리는 데 아무 도움도 되지 않았다. 내가 부딪쳐 볼 수 있는 사람은 유코뿐이었다. 나는 유코와의 만남을 피하지 않기로 했다. 다행히 유코가 나에게 호의적이어서 나는 그녀의 호의를 기분 좋게 받아들이기만 하면 되었다. 함께 도서관에 가자면 가고, 공원에 가자면 가고, 밥을 먹자면 먹고 놀러 가자면 놀러 갔다.

가까이에서 본 유코는 천성적으로 친절하고 예쁜 사람이었다. 한 번도 아이들에게 화내는 모습을 본 적이 없었고 작은 일에도 고맙다는 인사를 빼먹지 않았다. 내가 무엇을 물어보건 귀찮은 기색 없이 하나하나 알려주었다. 나는 금방 유코가 좋아졌다.

그러나 유코를 만나는 일이 즐겁기만 했던 건 아니다. 나는 유코에게 내내 미안한 마음이 들었다. 나는 유코의 이야기를 더 잘 들어주고 싶었다. 그리고 유코에게 하고 싶은 말도 많았다. '사람 일이라는 게 한 치 앞도 모른다더니 이곳에서 유코처럼 좋은 사람을 만나게 될 줄 몰랐어. 나는 사실 유코랑 하고 싶은 이야기가 아주 많아. 유코가 뭘 좋아하는지, 어떤 일을 할 때 기쁜지, 슬픈 일은 없는지 알고 싶어. 내가 뭘 좋아하는지 요즘엔 어떤 생각을 하는지 이야기하고 싶어. 그런데 내가 말이 서툴러서 말이야. 내 말, 무슨 뜻인지 알겠어?' 이런 말을 건네고 싶었다.

유코도 말이 더 잘 통하는 사람과 만나고 싶지 않을까, 괜한 자격지심 때문에 한동안은 마음이 다시 불편했었다. 그러던 어느 날, 그런 부담을 한순간에 털어버릴 수 있는 일이 생겼다.

지호 생일을 앞두고 선물을 사기 위해 집에서 가장 가까운 번화가인 난바에 갈 예정이었다. 유코도 유이카가 다니는 영어 클럽에서 열리는 할로윈 데이 파티에 입을 옷을 사야 한다고 했다. 서로 적당한 물건을 사고 모처럼 느긋하게 커피를 마시는데 유코가 신나는 얼굴로 말했다.

"써니, 나 하고 싶은 일을 찾았어."

"정말? 뭔데?"

"외국인에게 일본어를 가르치는 일."

뜻밖의 대답이었다. 주저 없이 하고 싶은 일에 대해 말하는 유코를 보며 만나고 얼마 되지 않았을 때의 일이 떠올랐다. 나중에 하고 싶은 일이 뭐냐는 나의 질문에 유코는 아직 아이들이 어려서 생각해 본 적 없고 결혼 때문에 대학을 졸업하지 못해서 뭘 해야 할지 모르겠다고 말했었다. 어쩐지 유코가 씁쓸해하는 것 같아 더 이상 묻지 않았다. 사실 물어볼 단어를 갖고 있지 않았다는 게 더 정확한 이유이긴 했다.

유코는 나와 만나면서 외국인에게 일본어를 가르치는 일이 즐겁고 재미난 일이란 걸 알았다고, 하고 싶은 일을 찾아서 정말 기쁘다고 말했다. 외국인에게 일본어를 가르치기 위해서는 자격증을 따야 하는데 그 과정의 학비가 만만치 않고 또 아이들 때문에 지금은 다닐 수가 없어서 얼마 전부터 집에서 혼자 공부를 시작했다고도 했다. 시간이 괜찮으면 자기네 집에서 일주일에 한 시간씩 자신의 수업을 들어줄 수 있겠느냐고 유코는 물어왔다. 그러면서 나를 만나서 정말 다행이라고, 고맙다고 말했다.

그 순간 정말 기뻤던 건 나였다. 늘 유코에게 부담스러운 짐이지는 않을까 고민했었는데 유코는 나와의 만남을 진심으로 좋아해 주었던 것이다. 감격스럽다는 감정을 느껴본 게 언제였을까. 감격스러웠다. 그때, 마음은 꼭 정확한 말로만 전해지는 게 아니구나, '마음'이 진짜 있는 거구나 알게 되었다.

불과 1년 전까지만 해도 나는 내가 이 시간, 이곳 오사카에 와 있으리라곤 전혀 예상치 못했었다. 불과 몇 달 전까지만 해도 내게 존재하지 않았던 유코가 나 때문에 꿈을 찾게 되었다고 이야기해 주었다. 꿈을 갖게 되었다고 말해 주다니. 누군가의 인생, 누군가의 꿈, 그런 것들과 이어져 있다고 생각하니 정말 좋았다. 이 멀리에서 누군가 길을 찾는 데 조금이나마 도움이 되었다 생각하니 그것도 좋았다. 폐가 되는 삶이겠거니 했는데, 하나의 '의미'가 된 것 같아 기뻤다.

유코와의 수업은 즐거웠다. 어떤 방식이 좋겠느냐는 물음에 상황별로 자주 쓰는 말부터 시작하는 게 낫지 않을까, 그저 내 의견을 말했을 뿐인데 '모스버거에서 주문할 때', '유치원 마츠리에서 사람들을 처음 만났을 때', 이런 식으로 진짜 나를 주인공으로 상황을 만들어 수업을 준비해 주었다. 유코의 세심함이 시작 전부터 나를 즐겁게 해주었다. 각각의 문장 속에 유코가 고민한 흔적이 묻어 있어 웃음이 났다. 오랜만에 학생으로 돌아간 나는 열심히 듣고 따라하고 질문까지 해서 아주 훌륭하고 똑똑한 학생이라는 칭찬까지 들었다.

나는 무엇에 대해 기대를 하거나 계획을 세우는 일을 좀처럼 하지 않는 편이다. 여러 가지 이유가 있는데 그중 하나가 그런 기대나 계획이 실망으로 끝나버릴 확률이 높다는 것을 몇 번이나 경험했기 때문이다. 기대 이상이란 말은 기대가 낮았거나 구체적이지 않았기 때문에 할 수 있는 말이다. 구체적이고 생생한 기대는 거의 어김없이 실망을 가져왔다. 상상을 넘어서는 현실이란 쉽지 않기 때문이다.

그러나 그런 평소의 생각과 상관없이 무심코, 나도 모르는 사이 기대를 하거나 앞으로 일어날 일에 대해 그림을 그리는 경우가 있는데 유코에 대해 그랬다. 유코와 하는 즐거운 수업을 통해 일본어는 조금씩이지만 늘어갈 테고, 지호와 나 모두 좋은 친구를 만나서 다행이니 둘째인 이부키에게 내가 한국말을 가르쳐 주면 유코도 좋아하지 않을까, 이런 식으로 지낼 수만 있다면 그래도 괜찮은 편이라고, 그런 생각을 하고 있었다. 이런 구체적인 기대는 어김없이 깨진다는 사실을 간과하고 말이다.

어느 날 이혼을 생각하고 있다고 유코가 주저하듯 말했다. 초밥집에서 아이들과 함께 이른 저녁을 먹던 참이었다. 당연히 나는 크게 놀랐는데 너무 놀란 것처럼 보이지 않기 위해 애를 써야 했다. 남편과 문제가 생겨서 아무래도 갈라서야 할 것 같다며 이혼을 하면 나가사키로 돌아갈 것이라고 했다. 예전에 유코에게 오사카에서 한국 가는 것이 나가사키 가는 것보다 거리도 가깝고 경비도 적게 든다는 이야기를 들은 적이 있다. 그때는 막 웃어 넘겼는데 지금은 슬픈 일이 되어버렸다. 나가사키가 먼 곳이라는 게 나에게 슬픈 일이 될 줄이야.

유코는 남편이 유흥업소에 드나들며 여자들과 관계를 맺고 다녔다고 털어놨다. 몇 번이고 관두겠다는 약속을 받았지만 지켜지지 않았다고 했다. 나는 조만간 유코와 헤어질 수도 있다는 현실을 받아들여야 했다.

유코의 얼굴이 어두워 보인다는 생각을 하지 않았던 것은 아니다. 놀이터에서 아이들 노는 모습을 지켜보거나 도서관에서 책을 들춰볼 때, 유치원 버스를 기다리고 있을 때 유코의 얼굴은 종종 피곤하고 쓸쓸해 보였다. 나는 그것이 하루 종일 아이들에 둘러싸여 좀처럼 옴짝달싹할 수 없는 생활에 대한 피로라고 생각했었다. 지호가 유치원에 가면 돌아올 때까진 자유로운 시간을 가질 수 있는 나에 비해 유코는 아직 어린 둘째 아이 때문에 혼자만의 시간 같은 건 꿈도 꿀 수 없었기 때문이다. 그런데 그뿐만이 아니었던 것이다. 나에게 사정 이야기를 하며 써니라면 어떻게 했을 것 같냐고 묻는데 쉽게 말이 나오지 않았다.

얼마나 답답했으면 제대로 알아듣지 못하는 나에게 그런 이야기를 털어놓았을까. 유코가 느꼈을 괴로움, 막막함 등을 떠올리다가 나도 무척 괴로워졌다. 그동안 혼자서 얼마나 끙끙댔을까 생각하니 미안했다. 나에게 털어놓은 후 남편과의 갈등도 더 심해졌는지 유코의 얼굴은 급속히 초췌해졌다. 유코를 지켜보는 일이 조마조마했다.

그 뒤 처음 일주일 정도는 함께 이런저런 이야기도 하고 평소와 다름없이 지냈는데 언젠가부터는 나와의 만남을 일부러 피한다는 인상을 받았다. 어떤 마음인지 알 것 같았다. 나와 만나고 싶지 않다기보다 지금은 누구도 만나고 싶지 않을 것 같았다. 여러 가지 일을 한꺼번에 생각하느라 진이 빠지겠지. 시간이 필요한 일이었다. 내가 할 수 있는 일은 그저 유코의 마음이 정리될 때까지 일본어 수업은 쉬자고 먼저 말하는 것뿐이었다.

오사카로 떠나오던 지난 5월, 나는 여러 가지 이별을 경험했다. 그중에는 내일 다시 만날 것처럼 손 흔들고 웃으며 치른 심상한 이별도 있었고 떠나오기 훨씬 전부터 단단히 각오하지 않고는 견딜 수 없을 만큼 괴로웠던 이별도 있었다. 그 둘의 사이에 놓인 갖가지 이별들까지 그 5월에 나는 다양한 헤어짐들을 겪었다. 그런데 내가 간과했던 것 한 가지가 그것은 나는 떠나는 사람이었다는 점이다. 남겨진다는 것의 쓸쓸함은 미처 알지 못했다. 떠나는 자와 남겨진 자의 이별을 따로 구분하여 생각하지 못했다. 그것은 엄밀히 다른 것이라는 것, 떠나는 자에게는 어찌 되었든 새로운 순간들이 시작되는 것이지만 남겨진 자에게는 빈자리가 생기는 일이라는 것을 알지 못했다. 유코 덕분에 그 마음을 알게 되었다. 유코가 떠난다고 생각하니 남겨진 뒤 나의 생활들이 벌써부터 쓸쓸해졌다.

유코를 만나고 나는 마음이라는 건 언어로 전달되는 것만은 아님을 알았다. 진심으로 대하면 마음은 돌아온다는 것도 배웠고 그것을 통해 낯선 땅에서의 초라함을 조금씩 이겨낼 수 있었다. 인생이 내 뜻대로 흐르지만은 않는다는 것도, 만남과 헤어짐이 뗄 수 없는 짝이라는 것도 다시 한 번 확인했다.

나는 어느 날부턴가 분명하게 무엇이든지 모르는 것보다 아는 것이 더 낫다고 결론을 내렸다. 그래서 처음 알게 되는 삶의 모습들에 되도록 진지하게 귀를 기울이려고 노력하고 있다.

일본어 수업은 여전히 휴강 중이다. 당분간은 혼자 해내는 수밖에 없다. 이혼을 하게 되면 유코는 3월이면 이곳을 떠나게 될 것이다. 말로는 마음을 굳혔다고는 하지만 유코가 여전히 고민하고 있다는 것을 나는 안다. 어쩌면 유코가 떠나지 않을지도 모른다고 생각한다. 유코가 오사카에 남게 되면 좋겠지만 그 선택은 유코를 행복하게 해줄 수 없을 것 같다. 유코는 나랑 지호와 헤어져야 한다는 게 남편과 헤어지는 일보다 더 슬프다고 했다. 이혼을 주저하는 가장 큰 이유 중 하나도 우리라고 했다. 나는 그것이 진심이라고 믿는다. 그 말 속에는 진심이 아닌 부분, 유코가 지금은 모를 수밖에 없는 어떤 것이 사실이 아닌 채 담겨 있다고 생각하지만 나에 대한 마음만은 진심이라는 것을 안다. 진짜 마음은 분명히 전해지는 거니까.

유코와 헤어지게 되더라도 유코와의 만남은 내게 아름답게 기억될 것이다. 유코의 마음속에 '나'라는 존재도 그렇게 기억되면 좋겠다. 만남과 헤어짐이 떼려야 뗄 수 없는 짝이라면 누군가를 아름답게 기억하고, 누군가에게 아름답게 기억되는 것만큼 의미 있는 일이 있을까.

나와 유코, 우리의 이야기는 여기까지이다. 그러나 유코와 나의 삶은 지금도 진행 중이다. 우리는 살아 움직이고 있으니 지금 결말짓고 있는 이 이야기가 앞으로 어떤 이야기의 시작이 될지 지금의 나는 알지 못한다. 다만 새롭게 시작될 이야기가 불안이나 좌절, 고통, 방황보다 행복이나 기쁨, 평화 같은 것들과 더 많은 부분 닿아 있기를 바랄 뿐이다.

아빠와 크레파스

'행복'이라는 말만 들어도 눈물이 난다. 아빠 차를 타고 가는데 '푸른 바다 저 멀리서 나를 부르는'으로 시작하는 노래가 나왔다. '행복이란 멀게만 느껴지지만 우리 마음속에 있는 것'이란 대목에서 울컥해져서 크게 목을 한번 가다듬고 열심히 따라 불렀다.

울 이유가 없다고 생각하는데 슬픈 일들은 많다. 교장 선생님이셨던 외할아버지는 얼마 전부터 치매가 온 것 같다. 밤낮 교대로 엄마와 작은이모, 삼촌들, 그리고 외숙모들이 할아버지 병간호를 하고 있는데 할아버지가 자꾸 옷을 전부 벗고 누워계신다고 한다.

"할아버지가 있잖니, 자꾸 나하고만 갈 데가 있다는 거야. '영호야, 꼭 너하고 가야 한다.' 그러는데 그래도 그 애기가 듣기가 좋더라."

엄마는 금방 옷을 갈아입혔는데 또 오줌을 싸놓은 할아버지가 너무 미워서 엉덩이를 두 번이나 때려주었다는 이야기 끝에 이런 말을 덧붙였다. '그래도 그 얘기가 듣기 좋더라.'는 말을 듣는데 또 목이 뜨거워졌다. 사람은 다 똑같다. 나이가 들어서도 가장 사랑받고 싶다.

오사카에서 지호와 내가 온다고 아빠는 며칠 휴가를 내셨다. 여름인데 바다라도 다녀오자고 해서 나서기로 했다. 아빠는 엄마랑 언니, 나, 지호가 한창 준비를 하고 있는데 '먼저 나가 있을게.' 하고는 현관문을 열고 나가셨다. '아빠 왜 벌써 나가?' 하고 묻자 '기름도 넣고 가는 길에 먹을거 미리 사놓으려고 그러는 거겠지.'라고 엄마가 대신 대답했다.

서두른다고 해도 여자 넷이 외출 준비를 하다 보면 원래 출발 시간보다 늦어지는 건 기본이다. 넷 중에 가장 늑장을 부린 건 나였고 우리는 결국 아빠보다 한 시간이나 늦게 나갔다.

차 안에는 지호가 좋아하는 고래밥, 초콜릿에 나랑 언니가 좋아하는 커피, 엄마가 마실 박카스까지 전부 준비되어 있었다. 한 시간이나 밖에서 기다려 놓고도 아빠는 싫은 소리 한마디 하지 않았다.

"우리 지금 어디 가는 거야?"

"몽산포 해수욕장."

"이름 예쁘다."

"나 빵 먹고 싶어."

"어디 빵집 갈까?"

두서없는 이야기가 오가면서 차가 출발했고 지호가 동요를 틀어달라고 했다. '뽀뽀뽀', '정글 숲' 이런저런 노래 끝에 '아빠와 크레파스'가 나왔다. '어젯밤에 우리 아빠가 다정하신 모습으로' 우리는 큰 소리로 노래를 따라 불렀다. 그러다 무심코 앞을 봤는데 아빠가 핸들을 잡은 채 손가락을 까딱거리며 박자를 맞추고 계셨다.

'아빠 지금 기분 좋구나.' 그런 생각이 들자 울컥했다. 출발 전까지 조금쯤 귀찮아했던 내 마음 때문에 더 그랬다. 그 순간 아빠와 함께하는 시간을 정말 좋아하는 것이 내가 드릴 수 있는 가장 큰 사랑이라는 생각이 들었다. 이건 언제까지나 나에게만 유리한 불공평한 관계라는 걸 깨달았다. 나는 잠기려는 목을 가다듬고 아빠와 크레파스를 더 크게 따라 불렀다.

바람 부는 몽산포 해수욕장은 정말 좋았다. 해변가에 평상을 하나 빌려 아빠와 나란히 앉았다. 얼마 떨어지지 않은 곳에서 지호가 조개를 잡는다며 허리를 구부리고 열심히 모래밭을 뒤지고 있었다. 언니는 노란 플라스틱 통을 들고 지호 뒤를 따라다니며 웃었고 엄마가 그 모습을 카메라에 담고 있었다.

　나는 아빠 옆에 앉아 '아빠 여기 진짜 멋있다.', '너무 좋다.'라고 몇 번이나 말했다. 아빠는 바다에 둔 눈길을 거두지 않은 채 그저 '그래. 여기가 얼마나 좋다고!'라는 말밖에 하지 않았다. 하지만 그때 아빠가 분명 행복했을 거라고 나는 믿는다. 행복에도 슬픔이 섞여 있는 걸 보면 슬픔은 어디에나 있는 것이다.

절반의 봄이
지나간다

오늘 아침엔 걷다가 손톱만 하던 은행잎들이 어느새 손바닥만 하게 자라 있는 걸 알아차렸다. 봄 안에서도 계절이 흐른다. '봄'이란 이름으로 멈춰있는 게 아니었다.

시간은 무언가를 키워낸다. 그리고 어느 정도 자란 것들은 반드시 사라진다. 태어나고 자라고 사라지는 이 모든 과정이 동시다발적으로 일어나는 세상에 살고 있다. 은행잎은 점점 자라나고, 철쭉은 점점 시들고, 벚꽃은 이미 사라졌다.

내가 돌보고 있는 화분 중 가장 작은 것에서는 새로운 싹이 돋아났다. 그 모양을 보니 원래 그 화분에서 키우던 잎과는 좀 다르다. 아마 어딘가에서 날아온 씨앗이 운 좋게도 그곳에 자리를 잡았나 보다. 어떤 얼굴로 자라날까 궁금해하며 열심히 물을 주고 있다.

나 역시도 틀림없이 자라면서 사라지는 중이다. 사실은 모든 것들이 자라면서 사라지는 중이겠구나 생각하니 모두가 측은하고 어쩐지 서글프다.

얼마 전엔 꽃 화분 몇 개와 토마토 화분 하나를 더 샀다. 세 개의 화분을 갖고 있었는데 물만 줘도 씩씩하게 자라는 벤자민과 달리 꽃 화분 둘은 어렵게 겨울을 났다. 그런데 작년 겨울에 심각하게 시들었던 분홍꽃 화분에서 꽃대가 여섯 개나 올라오더니 하나도 빠짐없이 활짝 꽃을 피워냈다. 역시나 생명은 놀라워, 감탄하며 화분을 좀 더 늘려야겠다고 생각했다.

지호랑 둘이 각자 마음에 드는 꽃을 두 개씩 고르고, 모종삽과 흙 두 포대, 몇 개의 커다란 화분을 사 가지고 와 꽃들을 이리저리 옮겨 심어주었다. 벤자민도 널찍한 화분으로 이사시켜 주었다. '그럼 꽃들도 이사하는 거야?'라고 말한 건 지호였다. 마지막에 화분들에 물을 주는 일도 지호가 했다.

나는 흙이 잔뜩 묻은 까만 손톱들을 잠시 바라보고 있었는데 흙냄새가 참 좋았다. 여러 개의 화분들을 돌보자니 싱싱하고 예쁜 것보다 연약한 것들에 더 마음이 쓰인다.

아침에 일어나서 커튼을 걷고 베란다 문을 열었을 때, 이불을 털러 오가거나 빨래를 널러 베란다에 나갈 때, 그리고 그저 베란다 문을 열어놓고 바라보고 있을 때 화사한 꽃들이 있으니 마음이 좋다. 꽃을 보고 있지 않을 때도 마음속 어딘가에 그 꽃들이 앉아 있다.

무언가에 애정을 쏟는다는 건 그런 일이다. 마음에 자리를 내어주는 일. 집에 앉아서도 물끄러미 봄을 본다. 절반쯤의 봄을 지나고 있다.

빗방울을 닮은
선물

작년 연말 어느 저녁, 유독 추운 날이었는데 낮 동안 외출로 피곤했던 나는 잠시 누워있었다. 몸만 피곤했던 것은 아니었다. 그즈음 나는 좀 울 것 같았다. 누구와 어디에 있든 언어 때문에 사소한 피곤이 쌓이곤 했다.

나는 여행 중이 아니므로 〈한 권으로 배우는 일본어 기초 회화〉에 나오는 것보다 훨씬 다양한 말들 속에 살고 있고, 사람들을 만날 때마다 매일 새로운 단어들을 듣게 된다. 그때마다 의미를 묻거나 눈치로 때려 맞히거나 그렇게 해서 내가 대화의 80프로를 이해한다고 해도 나머지 이해하지 못한 20프로 때문에 종종 문제가 생기곤 했다. 내가 놓친 말들을 되물으며 번거롭게 해서 미안하다고 하는 일은 일상이었고, 상대방의 말을 오해해서 엉뚱한 수고를 들이는 경우도 있었다.

'미안, 그건 무슨 뜻이야?', '이렇게 하라는 거 아니었어? 어, 미안.', '늘 신세 지고 있습니다. 고맙습니다.', '친절하게 알려줘서 고마워.'

정말이지 '미안해'와 '고마워'의 세계가 지긋지긋했다. 어느 날은 고등어를 구워 먹으려고 했는데 순간 방사능 때문에 수산물은 특히 조심해야 한다는 생각이 들었다. 그래서 진공 팩에 든 비싼 생선을 원산지 꼼꼼히 따져 사왔는데, 구이용이 아닌 스시용 생선이었다. 자전거를 타고 고등어를 바꾸러 가면서 '이건 참 너무 바보 같잖아.' 하는 생각에 머리가 지끈거리고 피곤해졌다.

그리고 며칠 뒤 유독 추웠던 그날, 약속이 있었다. 나는 약속 시간보다 한 시간이나 먼저 나가 점심도 거른 채 아이의 유치원에 보낼 어떤 물건을 열심히 찾아다녔다. 그런데 나중에 알고 보니 그 물건은 살 필요가 없는 것이었고 친구들을 만나 그 사실을 알게 되자마자 나는 정말로 울고 싶었다.

점심을 걸렀으면서도 먹었다고 둘러대야 했던 일이나 추운데 한 시간이나 헛고생을 했다는 것 때문만은 아니었다. 하나씩 보면 아주 작은 일들이, 그러니까 고등어를 잘못 사와서 바꿔야 했던 일처럼 사소한 일들이 자꾸 쌓이다 보니 대수롭지 않게 넘어갈 일도 마음에 남았다.

집에 돌아오자마자 그대로 누워버린 나는 '역시나 바보 같아. 진짜 피곤하네.' 그런 생각을 하다가 깜박 잠이 들었다.

그러다 벨 소리에 잠이 깼다. 깜짝 놀라 나가보니 에짱이 서 있었다. 에짱은 그날 만났던 친구 중 한 명이었는데 헤어진 지 채 두 시간도 되지 않아 우리 집 앞에 서 있는 에짱을 보니 어쩐지 비현실적이라는 생각이 들었다.

연락 없이 와서 미안하다고 인사를 건넨 에짱은 현관에 선 채 불쑥 선물만 건네주고 바쁘게 돌아갔다. 잠결에 에짱을 맞고 보내느라 어리둥절했던 나는 뒤늦게야 고맙다고 메시지를 보냈다. 그러자 '일 년간 애쓴 써니에게 주는 선물'이라고 답장이 왔다. 확 눈이 뜨거워졌다.

한국에 있었으면 하지 않아도 될 사과의 말들과 들이지 않아도 될 수고가 이어지면서 피로가 차오른 건 사실이었지만 '애쓰고 있다'고 생각하지는 않았다. 그저 그때그때 주어진 대로 생활했을 뿐이다. 그런데 에짱의 문자에 일 초의 틈도 없이 눈물이 쏟아지다니, 그동안 애썼던 거였구나 알게 되었다.

그리고 애쓰고 있다고 생각조차 하지 못했던 지난 시간들의 나에게 애썼다고 말해준 에짱 덕분에 나는 거짓말처럼 정말로 괜찮아졌다. 피곤하고 엉성했던 시간들이 헛된 것이 아니었구나. 에짱의 한마디는 일 년 동안 애쓴 나를 감싸주었다. 그것은 물 위에 떨어진 빗방울처럼 작은 듯 보이지만 멀리멀리 퍼져나가는, 그래서 점점 커지는, 그리고 무엇보다 아주 따뜻한 위로였다.

에짱의 한마디는 내 마음으로 성큼 들어왔고 나는 사랑받고 있다고 느꼈다. 사랑받고 있다는 기분은 나를 굉장히 안심시켰는데 그 평화로움은 행복과 많이 닮아 있었다. 그날, 우리 집 현관 앞에 서 있던 에짱의 조금 쑥스러워하던 모습, 찬바람을 맞으며 자전거를 타고 오느라 빨개진 뺨과 코, 그러면서도 활짝 웃던 얼굴, 서둘러 돌아서던 에짱의 뒷모습, 엘리베이터 문이 닫힐 때까지 흔들어 주던 손, 모두 잘 기억하고 있다. 어쩜!

에짱의 따뜻한 마음 덕분에 나는 또 무사히 강 하나를 건넜다. 에짱에게 받은 마음, 잘 간직하고 키워서 나도 누군가에게 성큼 다가가 건네주어야지 다짐했다.

온기는 혼자 만들 수 없는 것, 함께 품고 어루만져 주어야 한다는 것, 그러니 우리는 혼자여서는 안 되는데, 실은 내가 온기를 품고 너를 떠올리고 있으니 너는 혼자가 아니다. 언젠가 너에게로 성큼 다가설 그날까지, 지금도 애쓰고 있을 너에게, 이것은 빗방울을 닮은 선물.

단 한 번

꼬치튀김 집 입구 쪽 자리에 앉아 맥주를 마신다. 거리의
손님들을 가게 안으로 끌어오기 위해 아르바이트생들은
열어놓은 문을 분주하게 오가며 '이랏샤이마센.(어서 오십시
오)'을 외친다. 제일 예쁜 알바생이 거리 담당이다. 알바생
의 뒷모습을 바라보며 맥주를 마시는데 열린 문으로 봄이
들어온다. 겨울에는 찬바람이 따라 들어올세라 꼭 닫아두
었겠지. 열어놓은 문도 봄 같다.

　꼬치튀김 집을 나와 열차를 타고 돌아가려다 대충의 방
향을 짐작하고 한 정거장을 걷기로 한다. 왼쪽에는 라이트
를 켠 자동차들이 지나가고 오른쪽 고가 위 철길로는 몇
분마다 열차가 지나가는 적당히 시끄럽고 좁은, 어디에나
있을 법한 도시의 낡은 길을 걸어가는데, 큰 사거리 건너편

으로 드문드문 하얗게 핀 저 꽃은 목련일까 벚꽃일까?

　자동차가 끝없이 이어지는 길 옆에서도 누군가는 밥을 먹고 옷을 빨아야 해서 베란다에 빨래를 널어놓았는데, 늦은 저녁까지 남아 나부끼는 빨래들은 쓸쓸해, 하루 종일 자동차 소음과 매연에 시달린 저 옷들은 다시 빨아야 할지도 몰라, 그런 생각을 한다.

　해는 지고 바람이 부는 봄의 저녁, 한 번도 걸어본 적 없는 도시의 길을 무작정 걷는데 두 번 다시 이 길을 걸을 일이 없을 것 같아, 그러니 처음이자 마지막, 최초이자 최후의 순간을 지나가고 있다는 게, 나는 갈수록 어느 부분은 비관론자가 되어가고 있어서, 모든 순간들이 다시 돌이킬 수 없는 순간이라는 사실 때문에 행복이나 평화, 기쁨이나 안도의 시간 속에도 서글픔이 빠지지 않고 끼어들어, 이 봄날 저녁의 평화가 아무리 깊어도, 눈물이 날 것 같다.

안녕, 유코

써니를 만나게 되어 정말로 다행이야. 짧은 시간이었지만
함께했던 시간은 내 인생에서 아주 크고 소중한 것이
되었어. 태어난 곳도, 자란 환경도, 말도 다르지만 써니는
나에게 있어서 가장 친한 친구야. 정말로, 정말로 고마워.
이제부터 조금 멀리 살게 된다 해도 반드시 다시 만나자.
나가사키에 꼭 놀러 와 줘. 남편에게도 안부 전해 줘.
그럼 또 만나자.

유코가

　마지막에 유코가 건네준 편지, 집에 와 읽는데 눈물이 났
다. 글자 하나하나에 진심이 담겨있음을 나는 안다. 눈물은
진심을 안다.

유코는 떠나기 며칠 전 우리 집에서 주말을 함께 보냈다. 출장이 취소되었는데도 좋은 시간 보내라고 남편이 배려해 준 덕분에 함께 하루를 보낼 수 있었다. 지호와 유이카가 한창 빠져있는 만화 영화 행사장에도 다녀오고, 집에서 만둣국도 끓여 먹고, 집 앞 목욕탕에 가서 홀딱 벗고 깔깔거렸다. 열 시쯤 불을 끄고 이부키까지 다섯 명이 나란히 누웠는데 서로 얼굴만 봐도 웃음을 터트리는 지호와 유이카 때문에 우리는 무척 즐거웠다. 먼저 잠든 유이카를 몇 번 찔러보다가 포기하고 지호가 잠이 든 게 열한 시였다. 살그머니 일어나 마루에 마주 앉아 낮은 목소리로 이런저런 이야기를 나누다가 유코와 나는 결국 울어버렸다.

"일본으로 올 때, 나는 큰 기대 같은 거 없었어. 누군가를 만난다거나 가까워진다거나 그런 기대는 더더욱 없었고. 그저 그렇게 결정된 인생의 자연스런 흐름 같은 거라고 생각하고 왔을 뿐인데 유코를 만나게 된 거야. 너를 만나 함께 시간을 보내면서 비록 말은 부족하지만 즐거웠어. 유코 덕분에 지금까지 잘 지낼 수 있었어. 나에게 있어서 너는 유이카의 엄마가 아니라 유코라는 나의 좋은 친구야."

'혼또니 아리가또.'라고 머리 숙여 인사를 하는데 눈가가 뜨거워졌다. 내가 먼저 손으로 눈가를 훔쳤고 유코는 두 손으로 얼굴을 가렸다. 눈물 콧물을 흘리며 울던 우리는 눈이 마주쳐 다시 웃어버리고 말았다.

"써니를 좀 더 빨리 만났더라면 지금의 내 상황이 달라졌을지도 모른다는 생각이 들어서 안타까웠어. 친구 하나 없는 오사카에서 아이 둘을 키우면서 참 외로웠어. 아이들 때문에 만난 사람들이 여럿 있었지만 각자 사정들이 있으니까 조심스러워서 가까워지기 어려웠어. 그럴수록 나는 남편에게 더 매달리게 되었고 남편은 그런 상황을 답답해하며 점점 밖으로만 돌았고 결국 이혼까지 하는 상황이 된 거야. 내가 좀 더 나의 시간을 잘 보낼 수 있었다면 지금과는 달라지지 않았을까? 언제나 흔쾌히 함께 시간을 보내준 써니가 고마웠어. 정말 즐거웠어."

유코가 그렇게 생각하고 있는 줄은 몰랐었기에 안타까웠고 한편 말할 수 없이 고마웠다. 앞으로는 훨씬 행복해질 거라고, 기막히게 멋진 남자 만나서 연애도 하고 신나게 살아가라고, 너는 지금도 충분히 예쁘다고 말해주었다. 유코는 정말 예쁘니까. 우리는 새벽 두 시가 되어서야 잠자리에 들었다. '타노시깟다.(즐거웠어)'라고 몇 번이나 이야기하던 유코의 모습이 생각난다.

그럼에도 불구하고 나는 우리가 앞으로 다시 만나지 못할 수도 있다는 생각을 한다. 중학교나 고등학교, 대학교 졸업식장에서의 나는 어렸던 만큼 앞으로도 변치 않을 서로의 관계를 의심하지 않았다. 그러나 살다 보니 이제는 의도하지 않게 멀어진 사람들이 그렇지 않은 사람들보다 많다. 유코를 보내며 내가 많이 슬펐던 이유는 아마 삶이 그러하다는 것을 배웠기 때문인 것 같다. 하지만 멀어질 때 멀어지더라도 소중한 것은 소중한 것이다. 그 자체를 의심하지는 않는다.

유코가 떠나며 나에게 주고 간 것은 용기다. 만남을 두려워하지 않을 수 있는 용기, 그동안 애썼다는 다독임, 잘 해 나갈 수 있다는 격려, 나를 소중하게 생각해 줌으로써 유코는 그 모든 것을 나에게 주고 간 셈이다.

내가 누군가의 소중한 사람이라는 믿음만큼 나를 단단히 만들어 주는 것은 없다. 슬프지만 기뻤다. 이별로 수그러들었던 마음이 다시 고개를 든다.

그렇게 유코는 떠났고 그 와중에 나는 오랫동안 혼자 끄적이던 단편 소설 한 편을 끝냈다. 큰일을 두 개 치르고 나니 인생에도 장과 막이 있다면 이제 일본 생활의 1막을 끝낸 기분이다. 4월부터는 남편 학교에서 시간강사로 일하게 된다. 낯선 사람들을 만난다는 게 약간은 두렵고 피곤하게 느껴졌는데 이제 좀 편해졌다. 나는 유코의 소중한 사람이니까 좀 더 용기를 내어도 좋다. 당신도 여전히 나의 소중한 사람이다. 아마 오래도록 그럴 것이다. 그러니 너도 무엇에든 용기 내어도 좋다.

행복을 위해
살지 않는다

이렇게 생각하게 된 건 얼마 되지 않지만 나는 살아가는 데 '행복'이란 것이 꼭 중요하다고 생각하지 않는다. 행복에만 매달리고 살기엔 우리 인생에 변수가 너무 많다. 멀게만 느껴지던 불운이나 불행도 그렇게 멀리 있다고 여겨지지 않는다. 탕 하고 총알이 어디서 날아올지 모르는데 행복을 우선으로 두고 살 수는 없다. 언제든 와장창 깨져버릴 수 있는 걸 위해 달릴 수는 없잖아. 그래서 반대로, 가끔 찾아오는 행복의 순간이 너무 소중하다.

다시, 또 이 행복이 나를 찾아와 줄까 하고 생각하게 된다. 그런 생각을 하면 행복의 순간이 너무 빛나는 신기루 같아 슬퍼진다. 그래서 나는 행복하다고 느낄 때 몇 번이고 말한다. '나는 지금 너무 행복해. 고마워 함께 있어 줘서, 네

가 있어서 아주 많이 기뻐.'

오늘 지호의 유치원 졸업식이 있었다. 같은 반 아이들과 엄마들, 마지막으로 모두가 모여 서로를 축하하고 헤어짐을 아쉬워하는 자리를 가졌다. 일본에서 내가 용기를 갖고 생활할 수 있었던 것은 이들 덕분이다. '써니, 써니'라고 나의 이름을 불러주며 나를 아껴줬던 친구들. 미호 짱, 유카 짱, 이즈미 짱, 시노부 짱, 유키 짱, 쿠미 짱, 카나 짱.

'써니 건강해야 해.', '써니 그동안 정말 애 많이 썼어.', '써니 또 만나자.' 나의 이름을 부르며 따뜻한 말을 건네준 이들 덕분에 나는 오늘도 행복했다.

반드시 행복해야 한다거나 행복하기 위해 살아야 한다고 생각하지는 않는다. 다만 행복의 순간은 의미 있고, 의미 있어서 이 순간 살아있어 다행이구나 안도하게 한다. 이 삶을 계속 이어 나가고 싶게 한다.

벤텐초 카야마 병원

매일 아침 지호를 자전거에 태우고 학교 버스 타는 곳까지 데려다 준다. 오사카 벤텐초, 우리 집이 있는 골목의 초입에는 카야마(香山) 병원이라는 동네 내과가 있다. 3년 동안 지호가 아플 때마다 갔더니 이제는 의사 선생님, 간호사 선생님들 모르는 얼굴이 없어 동네 어디에서 마주쳐도 깍듯하게 인사를 한다.

원장 선생님 출근 시간이 지호가 버스 타러 가는 시간과 비슷해서, 아침마다 나와 지호는 자전거를 타고 선생님 옆을 씽씽 스쳐 지나가며 '오하요 고자이마스.(안녕하세요)'라고 씩씩하게 인사를 한다. 그러면 은테 안경에 흰머리가 듬성듬성한 원장 선생님도 빙그레 웃으며 '오하요 고자이마스.'

지호를 버스 타는 곳에 내려주고 다시 집으로 돌아오다 보면 원장 선생님이 병원 앞에서 진료 시간이 쓰여 있는 간판이라든가 병원 문을 열심히 닦고 계신다. 병원 앞 도로를 빗자루로 쓸고 계실 때도 있고 꽃 화분에 물을 주고 계실 때도 있다.

반바지 차림에 노란 모자를 눌러쓰고 등교하던 동네 초등학생들도 나처럼 선생님께 큰 소리로 인사를 하며 지나간다. 그러면 문을 닦거나 비질을 하던 선생님이 아이들 쪽을 돌아보며 또 다정하게 '오하요.'

오랫동안 이곳에서 동네 사람들의 아픈 곳을 만져주셨구나 생각하니 따뜻했다. 선생님은 아이들이 지나간 뒤에도 잘 보이지 않는 문틈 구석구석까지 걸레를 들고 꼼꼼히 닦으셨다.

그 순간 애정이란 저런 게 아닐까 생각했다. 귀찮지 않은 것, 손과 마음이 저절로 가서 소중하게 다루게 되는 것, 나를 쏟게 되는 것, 그런 게 진짜 애정이 아닐까 생각했다. 그래서 애정은 애정하는 대상과 나 사이에 머물러 우리 둘 사이에 어리게 된다. 애정 어린 손길, 애정 어린 눈빛, 애정 어린 인삿말. 새로울 것 없는 말들도 어떤 때는 마음을 뭉클하게 한다. 애정이 어려 지워지지 않는다.

선생은 잘하지 않으면
안 됩니다

새로 일을 시작했다. 재일 교포 아이들에게 국어를 가르치는 일이다. 중학교 3학년과 고등학교 2학년 두 반을 맡았는데, 두 반 합쳐도 서른 명이 채 되지 않는다. 국어의 경우 한국어 실력에 따라 상중하로 나누어 수업을 하는데 내가 맡은 반은 당연히 한국어를 자유롭게 구사하는 고급반이다. 그러나 나는 솔직히 말하면 언제나 아이들이 두렵다.

아이들은 눈빛으로 말을 건다. 무한한 신뢰, 끝없는 호기심, 그럴 줄 알았다는 비난, 필요 없다는 거부, 네 속쯤이야 뻔히 보인다는 경멸, 이 모든 것들을 번갈아 가며 눈에 담아 그대로 쏘아댄다. 그런 마음들이 너무 잘 보여서 아이들의 눈을 들여다보는 일을 멈출 수가 없다. 쟤가 오늘 안 좋은 일이 있나? 내 수업이 마음에 안 들었나? 내가 한 말 중 상처가 되는 게 있었나? 끊임없이 아이들의 눈에 비춰 나를 돌아보는 일은 여간 피곤한 게 아니다.

그러나 게을리할 수 없는 것은 나도 저 자리, 교탁의 반대편 자리에 앉아본 학생이었기 때문이다. 중학교 때 좋아하던 영어 선생님에게 '너는 항상 그런 식이야.'라는 말을 들었던 순간은 잊을 수 없다. 그때 선생님의 경멸에 찬 눈빛, 내가 뭘 그런 식이라는 건지, 도대체 나를 항상 어떻게 생각하셨다는 건지 알 수가 없어서 오랫동안 곱씹었다. 백 프로 장담하지만 영어 선생님은 그 순간을 절대 기억하지 못할 것이다. 그런데 어째서 나는 아직도 그 선생님의 눈빛이 생생히 기억나는 거지? 목소리도 들리는 것 같다.

남편은 초등학교 때 선생님의 질문에 장난스럽게 대답했다가 교실을 ㄷ자로 돌아가며 따귀를 맞았다고 했다. 그 작은 몸으로 따귀를 맞으며 교실을 반 바퀴 넘게 뒷걸음질을 해 돌았을 모습을 상상하면 지금도 눈을 질끈 감게 된다. 20년도 훨씬 전의 일인데 남편은 아직도 일주일에 한 번씩 그 꿈을 꾼다고 했다.

선생님께 받은 상처를 고스란히 간직하고 있는 사람이 어디 우리뿐일까. 그러니 아이들의 눈으로 나를 돌아보는 일을 멈출 수 없다.

개운하지 않게 수업을 마치고 나면 다음 수업 때까지 마음이 불편하다. 말이나 마음이 아이들에게 가닿지 않고 벽에 막혀있다는 느낌을 받을 때가 있다. 그럴 때는 분명히 내 준비가 덜 된 것이기 때문에 화살을 다른 데로 돌릴 수가 없다.

반면 우리가 분명히 하나의 공기 속에 놓여있구나 느낄 때가 있다. 내가 말한 것, 생각한 것, 웃음이나 슬픔, 이런 것들이 분명히 전해졌다고 느껴질 때, 그리고 자라나고 있는 아이들의 마음이 나에게 와닿았을 때, 그때의 기쁨은 또 이루 말할 수가 없다.

어찌 되었든 매 순간이 어땠는지 반성해야 하니, 여간해서는 후회하지 않는 나로서는 힘든 직업이 아닐 수 없다.

새벽 네 시 반에 눈이 떠졌다. 제일 먼저 생각난 것은 어제의 수업이었고, 눈으로 레이저 쏘면서 '나는 요주의 인물'이라고 말없이 나에게 말을 걸어온 우리 용철이 얼굴이 떠올랐다. '알았다 오버. 우리 용철이에게는 더욱 깊은 애정을 쏟아주지.'라고 혼자 다짐한다.

다시 잠들려 했는데 잘되지 않아 그저께부터 읽기 시작한 책을 펼쳐 끝을 보았다. 꽤 긴 분량의 장편이었는데 의외로 술술 읽혔다. 그러나 이 책을 읽는 동안 나는 소설에 대해 다시 생각하게 되었다. 한 번도 의심하지 않았던 소설의 효용에 대해 의심하기 시작했다. 최근 읽은 책들이 거의 비슷한 결론이어서 그런가, '이런 동어반복이 무슨 의미가 있나.' 하는 건방진 생각이 불쑥 들었다. 이것도 일종의 성장인가 싶어 싫기만 한 건 아니다.

그러나 여전히 이야기의 힘은 내가 믿는 가장 단단한 것 중 하나이다. 이제 내 눈앞에 서른 명의 이야기가 놓여 있다. 아이들 하나하나는 이야기다. 세상에 명랑하기만 한 서사도 없고 슬프기만 한 서사도 없다는 걸 명심한다.

서른 명의 이야기들을 눈앞에 두고 있어서인가, 조금쯤 생활이 다이내믹해진 느낌이다. 잘해볼 생각이다. '선생은 잘하지 않으면 안 된다.'가 피곤한 나의 결론이다.

너는
내가 아니다

예전에 남편과 한창 연애할 때, 우리는 밥 먹고 영화 보고 차를 마시거나, 차 마시고 영화 보고 밥을 먹는 일반적인 데이트 대신 밥 먹으며 술 마시기, 술 마시며 안주 먹기 그런 것만 주야장천했는데, 그러던 어느 날이었다. 소주 몇 잔에 역시나 신난 나는 '아, 좋다!'라고 했고 그러자 남편이 말했다.

"우리가 이렇게 함께 있어도 나중의 기억은 같지 않을걸."

오래전 일이기 때문에 정확한 단어나 문장은 기억나지 않지만 이런 취지의 이야기였던 것은 분명하다.

"일단 네가 기억하는 장면과 내가 기억하는 장면부터가 다르잖아. 네가 보는 나는 창을 배경으로 앉아 있는데 내가 보는 너는 문을 등지고 앉아 있지. 거기서부터 다른 거야."

그 전까지 그런 생각을 해본 적이 없었던 나는 '어? 그런가? 그럼 우리 자리 바꿔 앉아 보자.'라고 말했고 우리는 정말 자리를 바꿔 앉았는데 바로 전과는 느낌이 꽤 달라 '오오!' 하면서 놀랐던 기억이 난다.

'너의 기억 속의 나는 이런 장면 속에 앉아 있겠구나.' 그런 생각을 했다. 함께 있기만 하면 그저 '함께'라고 생각했던 나는 함께 있는 속에서도 어쩔 수 없이 너와 내가 따로 존재한다는 것을 그렇게 남편으로부터 배웠다.

그리고 우리는 홍상수의 영화 〈오, 수정〉에 대해 이야기를 나누었던 것 같다. 기억이란 무엇일까에 대해서도. 그 뒤로 나는 소중한 사람과 함께 있는 자리일수록 내가 바라보는 너와 네가 바라볼 나, 그 차이에 대해 잠깐씩 생각한다.

사랑은 비극이어라.
그대는 내가 아니다.
추억은 다르게 적힌다.

이소라의 '바람이 분다'를 듣는데 그때 생각이 났다.
사랑이 비극인 것은 네가 내가 아니기 때문이다. 추억은 우리가 함께 앉아 있었던 그 장소, 그 장면에서부터 다르게

143

적힌다. 나란히 앉아 같은 곳을 바라본다 해도 내가 본 것이 네가 본 것이 될 수는 없다. 그러나 우리는 자주 나와 너를 혼동해 상처 입는다. 같을 것이라는 믿음과 같지 않다는 확인, 너와 나의 경계.

알고 있다. 너는 나일 수도 없고 나일 필요도 없다. 너는 그저 너로서 존재하지.

너는 내가 아니다.

그런 말 함부로
하는 거 아냐, 복 달아나!

교무실 내 자리에 앉으면 앞의 창으로 바다가 보인다. 가끔 아주 커다란 배들이 짐을 잔뜩 싣고 천천히 지나가고 구름은 바닷가 구름 아니랄까 봐 매일 다른 모습으로 다이내믹하게 아름답다.

바다를 별로 좋아하지 않지만 교무실에 앉아 바다와 배, 구름을 보고 있으면 운이 좋다는 생각이 든다. 예전에 우리 할머니는 이 말을 싫어하셨다. 어느 날인가 '할머니, 나는 운이 좋은 편인 것 같아.'라고 말했더니 할머니가 갑자기 손바닥으로 내 등을 '짝!' 소리 나게 때리며 '그런 말 함부로 하는 거 아냐, 복 달아나.' 하셨다.

그 뒤로 운이 좋다는 둥 하는 말은 입에 잘 담지 않으려고 한다. 아끼는 친구들이 그런 말을 할 때 등짝을 후려쳐서라도 복을 지켜주고 싶었는데 몇 번 기회를 놓쳤다. 할머니처럼 마치 무슨 큰 비밀이라도 들킨 양, 말 끝나자마자 후려쳐야 하는데 손이 잘 나가지 않았다. 내 등을 후려치던 할머니의 손이 사랑이라는 거 그때나 지금이나 안다.

가끔 길에서나 지하철에서 우리 할머니와 닮은 분들을 만날 때가 있다. 나중에 할머니는 오랫동안 병실에만 누워 계셔서 얼굴이 아주 뽀얗고 예뻤다. 우리 할머니처럼 얼굴도 머리카락도 하얀 할머니들을 만날 때면 멀리서도 혼자 웃는다. 빙그레 소리 없이 웃다가 코가 매워지기도 한다.

그럴 때면 인간이 사라진다는 것에 대해 생각한다. 할머니는 여름이면 옥수수를 삶았고, 자기 전엔 반야심경을 외웠다. 고속 터미널에서 파는 물냉면을 좋아했고 심심하면 민화투를 쳤다. 함께 누우면 할머니의 더운 숨이 쉭쉭 내 이마에 와닿았다. 어렸을 땐 할머니랑 같이 누워 자는 게 마냥 좋았는데 커서는 할머니의 더운 입김이 싫어서 잠결인 척 돌아누운 적도 많다.

할머니는 내 인생의 수없이 많은 페이지에 분명하게 새겨져 있다. 그런데 어디 갔을까? 분명히 있었는데 더 이상 볼 수 없게 사라져 버리다니 나는 그게 너무 꿈만 같고 이상하다.

그러나 나는 아직 죽음의 진짜 얼굴을 몰라서 할머니가 그 뽀얀 얼굴로 이 세계 어딘가에 앉아있을 것만 같다. 틀니를 끼우지 않은 나중의 할머니는 검은콩 두유를 좋아했다. 아주 크고 푹신한 침대 위에 앉아서 쪼그라든 입으로 빨대를 물고 우유갑이 찌그러질 때까지 두유를 쪽쪽 빨아 먹는 할머니를 상상하면 귀여워서 웃음이 난다.

할머니, 나는 요즘도 가끔 '운이 좋은 편인 거 같아.'라는 말이 튀어나와. 그러고는 할머니 말이 생각나서 깜짝 놀라. 그래서 마음속으로 '아, 이 말은 취소!'라고 말해. 복이 달아나면 안 되지 안 돼. 뽀얗고 예쁜 우리 할머니, 나중에 우리 꼭 다시 만나자.

육교 밑의
나오미 상

최근에 만났거나 스쳤던 사람들 중에 기록해 두고 싶은 사람이 몇 있다. 우리 집에서 걸어서 5분 거리에 초등학교가 있는데 아침마다 지호를 학교 버스 타는 곳까지 데려다주는 나는 그 초등학교 학생들의 등굣길을 매일 지나게 된다.

등굣길 곳곳에는 연두색 조끼를 입고 건널목이나 육교 밑에 서서 학생들의 등교를 지켜주는 자원 봉사자들이 있다. 아마도 학생들의 부모님이나 할아버지, 할머니들이 번갈아 나오는 거라고 생각되는데 어쩌면 동네 반상회 같은 곳에서 자발적으로 나오는 분들일지도 모르겠다.

그중에서 내가 기록해 두고 싶은 사람은 매일 육교 밑에서 계신 아주머니다. 편의상 그녀를 나오미 상이라고 부르겠다. 물론 이름 따위는 전혀 알지 못한다. 그런데도 나오미 상이라고 내 마음대로 이름까지 붙여서 기록해 두고 싶은 데에는 이유가 있다.

나오미 상은 다른 자원 봉사자들과 달리 지나가는 학생들에게 큰 소리로 인사를 건넨다. 길 건너편에까지 들릴 정도로 크고 씩씩한 목소리로 '오하요 고자이마스!'라고 대략 10초에 한 번씩 인사를 한다.

내가 지호를 내려주고 돌아오는 길은 주로 나오미 상이 서 있는 곳의 반대편인데 멀리서 봐도 등교하는 학생 중 누구도 나오미 상의 인사에 답하지 않는데도 그녀는 그런 것은 전혀 상관없다는 듯이 늘 씩씩하고 즐겁게 큰 소리로 '오하요 고자이마스!' 하고 인사를 한다.

그녀의 목소리를 들으면 나도 모르게 마음속에서 힘이 솟구쳐 '좋아, 오늘도 힘내자.'는 기분이 든다. 한 번도 가까이서 인사를 한 적은 없지만 매일 아침 그녀의 목소리를 들을 때마다 나는 원래보다 80퍼센트쯤 더 기분이 좋아져서 자전거 손잡이를 쥔 손에 힘이 더 들어가곤 한다. 그녀의 목소리라고는 '오하요 고자이마스.' 딱 아홉 글자만 반복해서 들었을 뿐인데 목소리의 색이라든가 톤이 또렷이 기억나서 언제든 떠올리면 그녀의 목소리가 귓가에 맴돈다. 조금만 노력하면 흉내를 낼 수 있을지도 모른다.

그런데 며칠 전, 나는 그녀가 새로운 말을 하는 걸 들었다. 그 말을 듣고 나는 그녀를 꼭 기록해 두어야겠다고 생각했다. 그때 나오미 상은 두 손으로 손나팔을 만들어 입가에 대고 이렇게 말했다.

"8시 20분입니다. 이제 10분 남았습니다. 자, 조금만 서두릅시다. 조금만 힘냅시다."

그녀는 학교를 향해 걸어오는 학생들에게 아주 큰 소리로 외쳤다. 등교 시간이 8시 30분까지였는지 그녀는 학생들을 격려하고 있었다. 누구라고 할 것 없이 그저 길을 걸어오고 있는 학생들 전부를 향한 그녀의 염려가 담긴 목소리를 듣는데 따뜻하고 행복해서 웃음이 났다.

친절한 나오미 상. 아마도 그녀는 그녀 자신이 누군가의 아침을 이렇게 밝게 빛내주고 있다는 걸 모르겠지. 나오미 상을 알게 되어서, 그녀가 내가 아침마다 다니는 길목에 서 있어서 나는 참 기쁘다. 나오미 상이 매일 지치지도 않고 인사를 건넬 수 있는 따뜻하고 강한 마음을 가진 사람이라는 게 기쁘다. 그녀의 목소리가 울려퍼지는 곳에 서있는 그 순간들이 나를 기쁘게 한다.

이런 말, 돌아가신 우리 할머니가 들으면 또 입방정을 떤다고 등짝을 후려치실지도 모르지만 어쩔 수 없이 털어놓게 된다. 나오미 상을 만나게 되다니 나는 참 운이 좋은 사람이 아닐 수 없다고.

우리는
흘러가고 있다

밤에 에어컨을 켜지 않고도 잠들 수 있게 되었다. '참 날씨가 꿈만 같다.' 하고 혼잣말을 했다. 얇은 커튼을 치고 다다미방에 앉아 있는데 바람이 부는지 커튼이 천천히 부풀어 올랐다가 가라앉는다.

삶, 믿음, 사랑 같은 것보다 죽음, 의심, 이별 같은 것에서 더 많은 것을 배울 수 있다고 생각한 적이 있다. 행복할 때보다 괴로울 때 인생이 더 또렷이 보이는 것 같았다. 행복한 내가 보는 건 다 신기루처럼 느껴졌고, 그렇지 않은 순간 보이는 게 정확한 거라고. 그러니까 눈을 똑바로 뜨고 세상을 바라봐야 한다고 생각했다.

지금도 그 생각이 꼭 틀렸다고 생각하지는 않는다. 다만 삶의 반대편에 죽음이 있거나 믿음의 반대말이 의심이라고 생각하지 않는다. 사랑의 끝이 이별인 것만도 아니다. 내가 이 세상에 존재하는 것과 마찬가지로 삶도 죽음도 믿음, 의심, 사랑, 이별도 이 세계에 그저 있는 것이다. 좋은 것 나쁜 것이 아니라 '있는 것'이다. 그렇게 바라보는 게 좋다는 걸 알았다.

죽음이나 의심, 이별에서 내가 무언가를 배웠다면 그건 그전까지 내가 그것들에 무지했기 때문이다. 몰랐던 세계에 발을 들여놓았으니 더 많은 것들이 보였던 건 어쩌면 당연한 일이다. 삶과 믿음, 사랑이 충만한 쪽에서 그렇지 않은 반대쪽으로 옮겨 온 것 같아 서글펐는데 지금 생각하니 그저 세계가 확장된 것일 뿐이다.

몰랐던 일들을 겪으며 알게 된 것 하나는 고작 내일의 일도 알지 못하는 게 인간이라는 사실이다. 우리는 어떤 일도 일어날 수 있는 세계 속에 놓여 있다. 누구도 예외가 없다는 것, 거기엔 나도 포함된다는 사실 때문에 어느 때는 사는 게 참 두렵다. 내가 붙들거나 움직일 수 있는 건 내 마음뿐인데 알 수 없는 인생보다도 알 수 없고 도무지 말을 듣지 않는 게 내 마음일 때도 참 많다.

인생에 여러 그루의 나무들이 있어서 어느 때 나는 행복의 그늘에 서 있기도 하고 슬픔의 그늘에 서 있기도 한다. 어떤 그늘은 너무 깊고 길어서 벗어날 수 있을까 싶을 때도 있다. 그러나 다행인지 불행인지 모든 나무들은 외롭기 때문에 그리 멀리 떨어져 있지 않고, 그래서 그늘의 끝도 조금씩 맞물려 있다. 매일 눈을 뜨고 움직이며 한 걸음씩 걷다 보면 어느새 끝나지 않을 것 같던 그늘의 끝에도 닿게 된다. 마찬가지로 끝나지 않았으면 싶은 그늘의 끝에도 이르게 마련이다. 다행인가 불행인가, 그저 인생이 그런 것 같다.

어젯밤엔 에어컨을 끄고도 편하게 잘 수 있었다. 베란다 쪽으로 머리를 두고 누웠는데 열어둔 베란다 문으로 바람이 솔솔 불어와 스르르 잠들어 버렸다. 일주일 전만 해도 나는 에어컨을 끈 채로 잠들 수 있게 될지 몰랐다.

우리는 흘러가고 있다. 이 세계와 함께 흘러가고 있다. 당신도 예외는 아니다. 그러니 지금, 슬픔의 그늘을 통과하고 있는 당신의 그늘이 너무 깊지 않았으면 좋겠다고, 여름과 가을이 맞물린 나무 밑에서 나는 바라고 있다.

가을의 낙서

지하철에서 잠시 졸았는데 손등이 따뜻해서 깼다. 등지고 앉은 창으로부터 햇볕이 들어와 손등에 내려앉았다. 점점 더 따뜻해졌다. 잔주름까지 환하게 보였다. 어쩐지 내 손 같지 않아서 남의 손 보듯 바라보았다. 11월 햇볕의 온기에 잠이 깨다니. 여기는 아직 가을.

나무 기둥, 기둥에서 뻗어 나온 가지, 가지에서 비롯된 줄기, 그것들이 이루는 곡선이 보기 좋아 오래 나무를 올려다본다.

최근엔 〈초속 5센티미터〉라는 애니메이션을 두 번째로 보았고, '그 순간 영원이라든가 마음이라든가 영혼 같은 것이 어디에 있는 건지 안 것 같은 기분이 들었다.'는 대사가 나오는 장면이 놀랍게 아름다워 슬펐고, 혼자 있을 땐 책을 소리 내어 읽기도 한다. 점심에 맥주 한잔하기엔 식당보다는 집이 좋다는 걸 깨달았고 장기적으로 봐서 칼로리 낮은 맥주로 바꿨다.

방심한 사이 해가 짧아져, 다섯 시 반에도 이미 깊이 어두워, 아 밤이 길고 긴 날들이 시작되는구나 몇 번이고 생각한다. 속이 뻔히 들여다보여 이제는 시시한 헤어진 옛 애인 같은 하루키의 연설에 감동하여 메모도 했다.

이 모든 순간, 손등에 햇볕이 내려앉았을 때나 나무의 구부러진 가지를 바라보고 있을 때, 〈초속 5센티미터〉의 타카키가 눈발을 바라보며 초조해하는 장면을 볼 때, 다섯 시에 물들기 시작한 노을이 완전히 어둠에 뒤덮이는 것을 지켜보는 30분 동안, 그 순간들의 사이, 지나치는 모든 것을 통해 나는 다시 존재를 관통하는 '사랑'에 대해 배운다.

존재의 확인, 존재의 증명, 살아가는 것, 살아가고 싶다는 기분, 살아갈 이유가 모두 하나의 단어에서 만나 뜨거워지니, 초라함·서성거림·설렘·돌진·염려·기대·실망·안도·행복, 이 모든 것들이 '사랑'이라는 단어의 다른 얼굴이 되어 매 순간 우리를 흔든다. 아프게 기쁘게 쓸쓸하게 흔들리며 봄, 여름을 지나 가을을 통과하고 있는데 아침, 저녁의 공기에 겨울이 문을 여는 기색이 묻어온다.

내 이름이
당신의 용기가 될 수 있다면

지난해 가장 도전적이었던 일은 유카타를 입고 동네 마츠리에 갔던 것이다. 실은 좀 멋쩍었는데 지금 아니면 언제입어보겠나 싶어서 용기를 냈다. 유카타를 입고 마츠리가열리는 큰 사거리로 걸어가는데 작은 골목 여기저기서 유카타를 입은 사람들이 꽃처럼 나비처럼 하나둘 나타났다. 비슷하게 차려입은 모르는 사람들과 같은 방향으로 걷는데 사거리에 가까워질수록 축제에서 뿜어 나온 열기와 흥분이 분명해져서 나도 모르게 걸음이 조금 빨라졌다. 걷느라 흐트러진 머리핀을 다시 꽂고 축제의 무리에 섞이며 나는 용기를 내는 게 무척 즐거운 일이라는 걸 알게 되었다.

특별한 일이 아니더라도 용기가 필요한 순간이 참 많다. 아주 평범한 순간에도 때로 용기가 필요한 건 내가 그만큼

작아졌다는 의미일지도 모른다. 그러니 용기를 내야 할 때 용기를 낸 스스로를 대견하다고 칭찬해 줘야 한다. 예쁘다, 잘한다, 괜찮았다 하면서.

지난 한 해도 괜찮았다. 혼자 이마를 치며 후회한 일도 많았고 몇 가지 일들을 해내며 실망한 적도 있었다. 너무 괴로운 일도 있었고 물론 기쁘고 즐거운 때도 많았다. 어떤 약속은 결국 지키지 못했고 아직 해결해야 할 일들도 남아 있다. 그래도 이 정도면 괜찮았다. 나는 언제나 좋은 사람이 되려고 애쓰고 있고 나 때문에 누군가 상처받지 않도록 조심하고 있다. 그런 노력들이 어떤 이들에게는 부질없거나 가식적으로 보일 수도 있지만 나는 나의 방향이 틀렸다고 생각하지 않는다. 다만 앞으로의 나에 대해서 자신은 없다. 지금 믿을 수 있는 만큼만 믿고 가는 것이다.

용기를 내야 할 때, 내가 용기 낼 수 있도록 등을 두드려 주는 것은 사랑이다. 우리의 주위를 감싸고 도는 사랑, 그 속에 새겨져 있는 이름들. 그 이름들이 있어서 용기를 내고, 용기를 낸 나 자신에게 잘했다고 칭찬해 줄 수 있었다.

당신의 주위를 감싸고 도는 이름 중에도 나의 것이 있었으면 좋겠다. 그래서 나의 이름으로 당신이 용기 낼 수 있었으면 좋겠다. 그런 한 해였다면 좋겠다. 그렇게 서로의 주위를 환하게 밝혀주는 의미가 될 수 있다면 나는 그것으로 좋다.

명숙 씨가
오사카를 울렸지

심수봉의 '비나리'만 들으면 2절을 넘기지 못하고 눈물이
난다는 명숙 씨는 반주도 없이 노래를 기가 막히게 잘 부
른다.

중국에서 한국 여행객을 상대로 약국을 했었다는 마키
노 상은 IMF 때문에 관광객이 줄자 문을 닫고 일본으로 건
너와 버렸다. 중국인인 마키노 상은 결혼하면 남편의 성을
따르는 일본 법에 따라 마키노 상이 되었다. 원래 이름이
무엇이었는지는 아직 묻지 못했다.

가족같이 지내던 동네 오빠와의 사랑을 부모님이 반대
하자 스물한 살에 과감하게 집을 나온 보영 씨는 나보다
다섯 살 위인데 첫째가 대학교 1학년이다. 20년 전이나 지
금이나 보영 씨의 마음은 사랑으로 가득하다. 신기하게도

그게 막 보인다.

그녀들과 함께 명숙 씨네 집이 있는 토사보리의 한국 식당에서 저녁을 먹은 날, 명숙 씨가 눈을 지그시 감고 비나리를 부를 때, 마키노 상이 취기 오른 눈으로 나를 보며 몇 번이고 활짝 웃어줬을 때, 보영 씨가 자리에서 일어나 몸을 흔들며 춤을 췄을 때 나는 내 인생에 커다란 행운이 찾아왔음을 알았다.

저마다 다른 사연을 갖고 오사카에 모여든 우리는 아마도 외로웠겠지. 외롭다고 말하지 않았지만 서로의 이야기에 빠져드는 눈과 귀에서 나는 우리들의 외로움을 보았다. 명숙 씨가 부르는 쓸쓸한 비나리가 오사카에 울렸다. 명숙 씨가 오사카를 울렸다.

손님이 끊긴 시간부터는 사장님과 그곳에서 일을 도와주시는 손 씨 성을 가진 쉰다섯의, 그런데 여전히 너무 예뻐 나를 놀라게 한, 내가 '뭐라고 부르면 좋을지 모르겠어요.'라고 하자 '큰언니라고 해.' 하고 쿨하게 답해 준, 그러니까 그때부터 큰언니가 된 큰언니도 우리 테이블에 합류를 했다. 부산 출신의 사장님은 해운대에서 산 적이 있다는 보영 씨의 손을 꼭 붙잡고 반가워하셨다.

나는 몹시 기분이 좋아진 나머지 명숙 씨가 건네준 소주병을 들고 노래를 두 곡이나 부르고 말았다. 옆 테이블에 앉아 있던 명숙 씨의 동네 친구는 이쪽으로 건너와 앉으시라는 말에 손을 흔들며 '이혼하고 올게요.'라고 경쾌하게 대답하고는 자리를 떠났다. 명숙 씨 말에 의하면 요즘 일본인 남편과 위태위태하다고 한다.

그 모든 그녀들의 모습이 너무도 사랑스러워서 며칠간 가슴이 두근거렸다. '이 사람들이 왜 이렇게 사랑스럽나?' 그날도 그 이후에도 곰곰이 생각해 보았는데 이제야 그 이유를 알 것 같다.

그녀들 모두 철들기는 글렀다. 철들 사람들이었으면 애초에 들었겠지. 나나 그녀들이나 철들긴 글렀다고 생각하니 웃음이 났다. 나의 마음은 항상 철들지 않는 사람들 쪽으로 기운다. 내 안에는 철들지 않는 사람에게 반응하는 자석 같은 게 있어서 그런 사람들을 만나면 기쁘게 끌려간다.

나는 아직 그녀들의 사연을 다 알지 못하지만 그리고 아마 끝까지 알지 못할 수도 있지만 그런 것들은 중요하지 않다. 사랑스럽다고 여기는 마음, 가장 중요한 그것을 이미 갖게 되었기 때문이다.

명숙 씨는 곧 작은 가라오케를 오픈한다고 했다. 가라오케가 잘 되면 갈빗집을 열어서 돈을 많이 벌면 고아원을 차리고 싶다고 했다. 가라오케가 갈빗집이 되고 갈빗집이 고아원이 되려면 우리 예쁜 명숙 씨 고생깨나 해야겠네 싶었지만 '잘될 거예요.'라고 말했다.

'잘될 거예요.'

말에는 힘이 있다고 믿지만 말만으로 되는 일은 없다는 것도 안다. 그래도 말해주고 싶었다. 철들긴 그른 그녀들에게, 외로운 그녀들에게, 그리고 나에게, 잊지 않고 당신에게도 말해주고 싶다.

다 잘될 거예요.

탬버린을
흔들던 산타

심수봉의 비나리를 기가 막히게 부르던 명숙 씨는 신사이바시 시내에 작은 스낵바를 차렸다. 명숙 씨네 스낵바에 아이 짱이라고 부르는 아르바이트생이 있는데 진짜 이름인지는 모르겠다. 작은 바에 의자는 아홉 개, 문을 열고 들어가면 정면에 가라오케 기계가 있는 명숙 씨네 스낵바.

마흔셋의 아이 짱은 텔레비전에 나오는 일본 사람처럼 하얗게 화장을 하고 속눈썹을 길게 붙였다. 크리스마스 시즌이라고 산타 옷을 입고 모자까지 쓴 아이 짱은 환기가 제대로 되지 않는 명숙 씨네 스낵바에서 땀을 뻘뻘 흘리며 손님들이 부르는 노랫소리에 맞춰 웃기지도 않는데 웃으며, 신나지도 않는데 신나게 탬버린을 흔든다.

아이 짱은 매상도 올려야 해서 손님들이 따라주는 맥주

를 열심히 마신다. 손님들이 신나게 놀 때는 맥주를 자기 잔에 슬쩍슬쩍 따라서 마신 뒤 빈 병을 내려놓고 새 맥주를 딴다. 더이상 귀엽지 않은 나이이지만 그래도 귀여워야 하는 아이 짱은 눈이 마주칠 때마다 코끝을 찡긋거리며 웃는다. 짙은 화장 덕분에 웃을 때마다 주름이 점점 선명해진다.

크리스마스를 맞아 친구들과 나는 명숙 씨네 스낵바에 모였다. 노래를 부르고 맥주를 마시고 이야기를 나누는 중간중간 나는 어쩐지 아이 짱에게 자꾸 신경이 쓰였다. 마키노 상의 노래를 들으며 맥주를 마시다가 아이 짱을 보는데 아이 짱의 산타 모자 밑으로 땀이 흘러내렸다. 아이 짱은 땀도 제대로 못 닦고 탬버린을 흔들기 바빴다.

나는 기다란 테이블 위를 눈으로 훑으며 갑 티슈를 찾았다. 마침 자리에서 멀지 않은 곳에 갑 티슈가 있길래 아이 짱에게 티슈를 몇 장 뽑아 건넸더니 아이 짱이 잠시 멈칫하다가 웃음이 걷힌 얼굴로 '아리가또.(감사합니다)'라고 말했다. 웃음기 사라진 아이 짱의 얼굴은 조금 슬퍼 보였다.

마키노 상의 노래가 끝나고 점수가 나오자 아이 짱은 금세 다시 활짝 웃으며 탬버린을 흔들었다. 관자놀이와 인중에 맺힌 땀을 티슈로 빠르게 닦고는 애교 섞인 목소리로 '스테키!(멋져요)'를 몇 번이고 외쳤다.

아이 짱의 웃음이나 땀, 마시기 싫을 때도 마셔야 하는 술이 모두 그녀의 노동이니 누군가의 노동을 함부로 안쓰럽게 여기지 말아야 한다고 생각하면서도 자꾸 아이 짱이 흘리는 땀에 마음이 쓰였다.

돌아오는 길에 골목까지 배웅을 나온 그녀에게 '아이 짱, 다음에 또 올게요.'라고 말하자 무릎까지 살짝 굽혔다 펴며 '하이 써니 짱, 기다리고 있을게요.'라고 웃으며 인사를 한다. 꽤 멀어진 후 돌아봤는데도 빨간 산타 옷을 입은 아이 짱이 여전히 양손을 크게 뻗어 흔들고 있었다. 늦은 밤 불 꺼진 번화가의 뒷골목에서 산타가 내게 손을 흔들고 있었다. 흰 수염도 루돌프도 선물 꾸러미도 없이 빨간 미니스커트를 입은 산타가 손을 흔든다.

이제는 아무도 잠든 우리 머리맡에 선물을 놓아두지 않지만, 착한 일을 아무리 열심히 해도 나쁜 일은 벌어지기 마련이지만 그래도 '메리 크리스마스! 아이 짱, 메리 크리스마스예요.' 속으로 인삿말을 되뇌며 나는 팔을 번쩍 들어 빨간 미니스커트의 산타에게 힘껏 손을 흔들었다.

단어의 실체

'봄'은 일본어로 '하루'라고 하는데, 처음 일본에 와서 말을 배울 때는 '봄'이라는 글자에 담긴 수많은 느낌들이 '하루'에는 담겨있지 않아서 봄을 말하면서도 봄을 말하는 것 같지 않았다.

같은 이유로 '초록'을 뜻하는 '미도리', 구름의 '쿠모', 바람의 '카제', 모든 것들이 단지 사전에 등록되어 있는 뜻을 가진 글자 그 자체일 뿐 나에게 그것들은 초록이나 구름이나 바람이 되지 않았다.

그런데 이제는 하루, 미도리, 쿠모, 카제에도 표정이 생겨 봄이나 초록, 구름이나 바람을 말할 때와 비슷한 마음을 불러일으킨다. '하루'라고 말하면 연두의 어린잎들이 빛나는 것 같다. '카제'라고 말할 때 살갗이 시원해지는 것 같다.

그렇게 하루가 봄이 되고 카제가 바람이 되는 시간을 살다보니 어느새 한국으로 돌아갈 날이 한 달도 남지 않았다. 꼽아보니 3년 8개월, 오사카에 집을 두고 살았다. 무척 서운하고 쓸쓸할 줄 알았는데 시간은 평소와 다름없이 흐른다. 돌아가지 않을 사람처럼 빨래를 하고 청소를 하고 장을 보고 밥을 먹으며 일상을 보내고 있다. 집 안의 물건들과 마주치는 사소한 순간들마다 이 책들은, 그릇들은, 컵들은, 샴푸는, 간장은 모두 어쩌나 잠시 걱정하다가도 나는 곧 잊고 다시 빨래를 하고 밥을 먹는다.

그러고 보면 나는 준비라는 걸 모른다. 준비가 되어 있었던 적이 별로 없다. 준비 없이 많은 일들을 기다리고 치러 왔던 것 같다. 좋은 습관은 아닌데 어떻게 준비를 해야 하는지 방법을 모르겠다.

요즘은 단어와 나이 듦에 대해 생각하고 있다. '요절'이라는 단어가 낭만적으로 들리던 때가 있었다. 제임스 딘과 커트 코베인, 전혜린, 기형도, 다자이 오사무 같은 사람들 때문인지 '요절' 하면 낭만적인 이미지가 떠올랐다. 하지만 스물한 살과 서른한 살에 두 명의 친구를 떠나보내고 난 뒤 나는 요절이 낭만적인 단어가 아님을 알게 되었다. 적어도 나에게는 확실히 그렇다.

그렇게 추상적인 이미지로 이루어져 있던 단어의 실체를 알게 되는 것이 나이를 먹는 일이라는 생각이 든다. 넘어져 무릎이 까지고 피가 난 뒤에야 '까진다'라든가 '상처'라는 단어의 의미를 분명히 알게 되었던 어린 시절처럼, 경험이 단어를 살아 움직이게 한다. 단어마다 자신의 이야기가 쌓이는 일이 나이 드는 일이라면 각자 갖고 있는 단어의 의미는 조금씩 분명 다를 것이다. 어떤 사람에게는 요절이 여전히 낭만적인 단어일테니까.

이곳에서 새로 알게 된 단어는 '이방인'이다. 이방인으로 살며 나는 이방인이라는 단어에 쓸쓸함, 자유로움, 고립, 모호한 입장, 호기심 어린 시선, 낭만적 외로움, 정중한 경계의 의미가 뒤섞여 있다는 것을 알게 되었다. 이방인이라는 단어가 구체적인 옷을 입고 나의 세계에 추가되었다.

책을 읽을 때 마음에 드는 구절이 있으면 그 페이지 끝을 접어두는 습관이 있어서 다 읽고 난 뒤에도 심심하면 접어뒀던 곳을 펼쳐 몇 번씩 반복하여 읽는다. 그중에 이런 대목이 있었다.

"생각도 하면 안 돼?"
"생각도 하면 안 돼."
"생각은 아무것도 안 하는 것 아니야?"
"생각은 모든 거야. 말이나 행동은 생각의 부스러기일 뿐이야."
"부스러기?"

"생각은 영혼을 찾기 위한 몸부림이야. 몸부림 끝에
찾기도 하고 잃기도 하지."
"영혼을 찾았다고 쳐. 그래서 달라지는 게 있어?"
"영혼은 밖으로 향하는 문이 없이도 밖으로 나갈 수 있게
해줘."●

'생각은 영혼을 찾기 위한 몸부림이야', '영혼은 밖으로
향하는 문이 없이도 밖으로 나갈 수 있게 해줘.'라는 두 문
장에 마음으로 굵은 밑줄을 긋는다.

원하지 않아도 많은 단어들을 경험하게 될 테고 새롭게
배워가는 단어들로 나의 세계는 앞으로도 계속 달라질 것
이다. 그럴수록 현실을 분명히 바라보게 될 것 같다. 더 많
은 단어들의 실체를 알고 싶다가도 배신이라거나 모멸, 이
중성과 같은 단어들은 끝내 몰랐으면 싶기도 하다.

어떤 경험들로 나의 세계가 어떻게 바뀌게 될지 지금으
로서는 알 수 없다. 다만 많은 것을 알게 된 후에도 '생각'이
라거나 '영혼'의 힘을 믿을 수 있는 사람이 되고 싶다.

● 진연주 소설 <코케인> 중에서

바람도 햇빛도 나무도 자꾸 나에게 베풀기만 한다.
한없이 사랑을 준다. 한없이 사랑이 분다.

3장 작별의 노래

우리 노래하듯
헤어지자

2018년 2월에 나는 남편을 잃었다. 이렇게 쓰면서도 나는 잘 모르겠다. 이렇게 써도 되는 걸까. 남편과 나는 대학에서 만났다. 남편은 나보다 한 학번 위였다.

처음 남편을 본 순간이 생각난다. 신입생 오리엔테이션을 가던 길이었다. 배를 타고 어떤 섬으로 가는 길이었는데 서먹하게 앉아 있는 신입생들의 긴장을 풀어주려고 선배들이 갑판 위로 올라가자고 했다. 순순히 따라 올라간 그곳에 누군가 담배를 피우고 있었다. 바람이 불어 머리칼이 흩날리고 담배를 한 번 깊게 빨았다가 내뱉는 모습에 슬로우 모션이 걸렸다. 그 사람이 기척을 느끼고 우리 쪽을 돌아봤을 때 나는 내가 한눈에 반했다는 걸 알았다. 우리는 그렇게 만났다. 사귀기 시작한 건 그로부터 일 년이 지난 뒤였지만 6년을 사귀고 10여 년을 함께 살았다.

갑작스럽게 남편을 보내고 나는 도대체 무슨 일이 일어난 건지 알 수가 없어 어찌할 바를 몰랐다. 봄이 와서 꽃이 피고 새순이 돋았는데도 남편은 없었다. 살갗에 땀이 맺히는 여름이 와도, 이마를 서늘하게 식혀주는 바람 부는 가을이 와도, 코가 맵게 추운 겨울이 와도 남편은 어디에도 없었다.

나는 내게 닥친 일을 받아들이기 위해 잠시도 생각을 멈출 수가 없었다. 빈자리라는 말로 설명할 수 없는, 뻥 뚫린 구멍 속으로 빨려 들어가지 않기 위해 안간힘을 썼다. 처음에 나는 정신을 바짝 차려야 한다고 생각했다. 잔뜩 긴장한 채 시간을 보냈다는 걸 지나고 나서야 깨달았다.

어디에 그렇게 많은 눈물이 고여 있었을까 의아할 정도로 눈물이 멈추지 않았다. 그러다가도 집으로 돌아갈 때면 다시 정신을 바짝 차려야 했다. 딸 아이가 기다리니까, 부모님이 계시니까. 일 년, 이 년, 삼 년, 사 년, 매해 다르게 힘들었다. 괴로움은 매년 갱신되는 것 같았다. 괜찮은 것 같다가도 어딘가 툭 꺾이고 나면 와르르 무너졌다. 이후에 내 인생에 찾아온 모든 괴로움이 남편이 없어서는 아닐 텐데 나는 그때마다 '남편이 있었으면 달랐을까?' 되뇌었다. 습관처럼 그 생각은 괴로움에 따라붙었다.

그러나 다른 한편 나는 최선을 다해서 그 시간들을 지나왔고 지금도 지나가고 있다. 그래, 잘하고 있어 스스로를 대견하게 여긴 순간들도 많고, 이 정도면 많이 왔어 안도한 순간들도 많았다. 그런 순간들은 전적으로 나에게 사랑을 쏟아준 가족과 친구들 덕분이다. 그리고 쓰는 일. 쓰면서 견딜 수 있었던 것 같다. 쓰고, 쓴 것을 다시 봤다. 쓰고 나면 그 일을 다시 볼 수 있었다. 내 마음을 털어놓고 한발 물러서서 그 일을 바라보고 다음 페이지로 넘어갔다. 그렇게 여기까지 왔다.

이제 남편을 보낸 시간들에 대해 쓰려고 하는데, 그때 썼던 일기들을 정리하려고 하는데 잘 될지는 모르겠다. 한동안 골몰하지 않았는데 오늘 남편에 대해 생각하니 그 목소리, 표정, 텔레비전을 보던 비스듬한 자세, 뜨거운 국을 마시며 땀을 흘리던 이마, 술 취해 꼬이던 발음, 헝클어진 머리, 짧게 끊어지던 웃음소리, 그런 것들이 한꺼번에 떠오른다. 왜 당신의 웃음 끝은 항상 쓸쓸했던 것 같지.

얼마 전엔 남편이 남겨둔 플레이 리스트를 들었다. 같이 공유하던 음악 앱에 있던 남편의 플레이 리스트. 지금까지 두려워서 누르지 못했는데 얼마 전 나는 용기를 내어 플레이 리스트를 눌렀다. 노래를 듣는데 노래 사이사이로 남편이 쏟아지는 것 같았다. 그래, 이런 노래를 좋아했었지. 왜 담아두었는지 그 이유를 너무 잘 알 것 같아서 눈물이 났다.

그러나 나는 당신을 보낸 나의 이야기가 어둡고 무겁지만은 않기를 희망한다. 나는 당신과 노래를 하듯 헤어지고 싶다. 아름다운 것을 사랑했던 당신, 취향처럼, 슬프고 애틋하고 목이 메어도 듣고 나면 마음이 차오르는 멜로디처럼 그렇게 이야기하고 싶다. 그래서 당신과의 헤어짐을 이야기하는 이 챕터를 '작별의 노래'라고 부르기로 했다. 우리의 노래가 어딘가에 닿아 흐르고 흐르기를 바란다. 그렇게 흘러갈 수 있다면 좋겠다.

당신의 평안을 빌어

꽃이 피었다. 회사 근처에도 집 근처 둑길에도 연두색 새잎들이 얼마나 예쁘게 올라오고 있는지 모른다. 곧 씩씩한 초록으로 바뀌겠지. 앙상한 가지에 연두색 잎이 돋고 그 잎이 다시 초록이 되고 노랑이 되고 바람에 날려 쓸쓸히 떨어져도 이제 남편은 없다. '어떻게 없을 수 있을까.' 나는 그 생각을 계속하고 있다. '무슨 일이 일어난 걸까.' 그런 생각도 오래 했다.

　자고 일어나고 자고 일어나도 꿈이 아니라서 놀랐다. 깊이 생각하거나 추억을 곱씹어 보는 일은 아직 하지 않는다. 아침, 점심, 저녁, 어제, 오늘, 내일을 '산다.'는 생각만 한다. 그렇게 시간을 보내다 보면 한 달이 지나고 두 달이 지나고 일 년도 지나겠지. 그러다 어느 날은 용기를 내어서 지난 시간들을 곱씹어 보는 날도 오겠지. 그날, 엄청난 슬픔과 눈물이 내 안에서 쏟아져 나올 그날 역시 잘 보내야 할 텐데, 그런 생각을 한다.

　또 한참을 나는 그런 생각을 한다. 나를 만나서 행복했을까. 행복하게 해주려 노력했던 것 같은데 한참 부족했다는 생각이 든다. 그러다 아주 오래된 꾸깃한 쪽지를 화장대 서랍에서 발견했다. 최근보다 더 삐뚤빼뚤했던 예전 남편의 글씨체. 쪽지의 마지막에 남편은 이렇게 썼다.

여튼 살면서 자잘한 어려움, 난처함, 쪽팔림, 선택의
기로, 연민, 자조, 탄식, 슬픔(많다이? 응) 얼마나 많겠어. 난
가족이나 아니 가족도 함께하기 좀 어색한, 위에 얘기한
슬픔 등등 선희랑 항상 함께하고 싶어. 물론 좋은 일은
기본이고. 난 꼭 선희한테 장가갈 거야. 선희가 딴 놈한테
가면 술 처먹고 땡깡 부리더라도 꼭꼭꼭 선희한테 장가갈
거야. 맹세해. 이 맘 안 변하겠다고. 칸이 작다. 여튼 동화.

　남편 이름으로 끝나는 쪽지를 발견하고 펼쳐봤을 때 눈물이 날 줄 알았는데 웃음이 났다. 웃고, 다시 울게 될까 봐 두려워서 얼른 접어 서랍에 넣어뒀다. 그리고 다음 날 아침 다시 읽어보고는 울고 말았다. 웃으면서 읽기 시작했는데 울음이 났다. 그렇게 꼭꼭꼭 장가 오고 싶어 했으니까 행복

했겠지. 나는 이제 나 좋은 쪽으로 생각하기로 했다. 내가 믿고 싶은 대로, 버틸 수 있는 대로 생각하기로 했다.

놀랍고 고통스러운 순간에 너무 감사하게도 고마운 사람들을 많이 만났다. 장례 지도사 분이 해준 마지막 말이 기억난다. '엄마가 웃어야 아이가 웃어요. 아이를 슬픔 속에 두면 안 돼요. 꼭 아빠가 있다고 아이 잘 키우는 거 아니니까 힘내요. 남편 없는 집으로 가는 게 아니라 예쁜 지호가 기다리는 집으로 가는 거예요.' 그 말이 얼마나 용기가 되었는지 모른다. 여러 가지 정리를 하기 위해 만난 사람들도 모두 고마웠다. 은행에서 만난 분들, 구청에서 만난 분들 모두 따뜻했다. 비 오는 어느 날 아침엔 우산을 깜빡하고 나갔는데 길에서 만난 모르는 아주머니가 우산을 빌려주기도 했다. '나는 다 왔으니까 이 우산 쓰고 가요.'라고 말하며 우산을 쥐어주는데 너무 고마워서 눈물이 날 뻔했다. 이렇게 좋은 사람들이 많은 세상에 나 혼자 살아남아서 미안하다는 생각이 들어 눈물이 났다.

무엇보다 가족들이 없었다면 지금 이렇게 앉아 있지도 못했겠지. 모두가 웃으며 나와 지호를 위해 힘껏 애쓰고 있다. 우리 가족들이 갖고 있는 특유의 힘이 있는데 각자가 내고 있는 그 눈부신 힘에 기댈 수 있어 얼마나 다행인지. 내가 이 집에서 태어나 자랐다는 자체가 축복이라고 몇 번이나 생각했다. 그리고 소식을 듣고 찾아와 준 사람들, 애

달파해 준 사람들, 안타까워해 준 모든 사람들에게 진심으로 고마웠다. 경황이 없어서 모두에게 알리지는 못했다. 뒤늦게 알고 어렵게 연락을 해준 사람들까지 모두 고마웠다.

내내 힘들었어도 나와 지호를 향한 염려와 사랑이 우리가 바닥으로 떨어지지 않게 받쳐주고 있다는 기분이 들었다. 엄청난 사랑이 나를 향해 쏟아지고 있는 걸 느꼈다. 누군가 한숨을 쉬며 나를 떠올린 순간들, 염려들이 거짓말처럼 나에게 닿아 나는 말하거나 보지 않고도 그 마음이 느껴졌다. 그 마음들 덕분에 괜찮을 거라고 앞날을 낙관했던 감사한 순간들도 있었다. 비록 지금은 어두워도 앞으로는 어둡지 않겠지 믿었던 순간도 있었다.

누가 봐도 불행하다고 할 만한 상황이지만 나는 내가 불행하다고 생각하지 않기로 했다. 어떻게 내가 나를 불행하다고 생각할 수가 있겠어. 끝장은 그런 게 끝장이다. 어떤 일을 겪느냐가 중요한 게 아니라 어떻게 겪어내느냐가 중요하다는 생각을 하며 마음을 꽉 다잡는다.

나의 행복이 우리 지호의 행복이므로 나는 앞으로도 얼마든지 행복할 예정인데 그 시작이 어디일지는 아직 모르겠다. 아직은 아득하게 느껴지지만 꼭 닿을 것을 믿는다. 행복의 얼굴은 하나가 아니니까. 다만 그보다 더 바라는 것은 당신의 평안, 지금은 그 누구보다 당신의 평안을 빈다. 여보, 간절히 당신의 평안을 빌어. 당신의 평안을 빌어.

당신이 불행해서
내가 행복한 게 아닌 것처럼

퇴근길에 맥주가 한잔 마시고 싶었다. 집에 가는 길에 있는 편의점에 들러 맥주 한 캔을 사고 편의점 앞 파라솔에 앉았다. 딸깍 캔 뚜껑을 따는데 바로 앞에 있던 여자가 나를 돌아봤다. 편의점이 있는 건물에는 재활 병원이 있는데 거기서 잠시 바람 쐬러 나온 것 같았다.

환자복에 모자를 쓰고 휠체어에 앉은 그녀는 시원한 저녁 무렵 캔 맥주를 따는 나를 부러운 듯 쳐다봤다. 그녀 앞에는 남편으로 보이는 사람이 무릎을 굽히고 눈높이로 앉아 그녀와 이야기를 나누고 있었다. 멀지 않은 거리 덕분에 나는 그들의 이야기를 들을 수 있었다.

"벌써 집에 가자고 하면 어떡해? 어제 왔는데 내일 집에 가자면 어떡하냐고. 주말에 가기로 다 얘기해 놓고는 자꾸 이러면 안 돼."

그녀를 나무라는 남편의 목소리에는 다정과 피곤이 반반씩 섞여 있었다. 맥주를 마시며 흘깃 그녀를 보았다. 입원한 지 이틀도 안 돼 집으로 가자고 재촉하고 있는 그녀는 그래도 될 만큼 건강해 보이지는 않았다. 그러면 안 된다는 남편의 말에 그녀는 아무 대꾸도 하지 않았다. 그녀의 침묵에는 완강한 면이 있었다.

나는 아무 말도 못 들은 척 맥주를 몇 모금 더 마셨다. 남편은 그녀에게서 몇 걸음 떨어지더니 주머니에서 담배를 꺼내 불을 붙였다. 남편은 그녀와 눈이 마주치자 슬쩍 웃었다.

"왜? 서운해?"

아이 달래듯 웃음 섞인 목소리로 남편이 물으니 그녀는 아니라는 듯 고개를 한 번 가로저었다. 남편은 두세 모금 더 담배를 피웠다. 그러고는 휠체어를 밀어 그녀를 데리고 들어갔다.

왜인지 나는 눈물이 났다. 그녀의 마음이 고스란히 전해지는 것 같아 슬펐다. 많이 아픈 걸까, 아이가 있을 것 같은데, 아이는 누구랑 있을까, 엄마를 찾지는 않을까, 그런 생각을 하다가 그녀와 그녀 남편이 좀 더 평안해졌기를 바랐다. 요즘의 나는 모르는 사람에게도 좋은 일만 있기를 바란다.

그녀가 들어가기 전까지 두 번 정도 눈이 마주쳤다. 나와 비슷한 또래로 보였는데 그녀는 나를 보며 어떤 생각을 했을까. 부러웠을지도 모르지. 나에 대해 아무것도 모르는 그녀는 내가 부러웠을지도 모른다. 나는 그녀가 부러웠는데. 최악의 경우 죽을 수도 있겠지만 안녕을 준비할 시간이 있는 그녀가 부러웠다. 가족과 안녕할 시간이 있는 그녀가 부러웠다. 이런 말, 함부로 하면 안 되는 걸 알지만 그래도 그런 마음이 들었다. 나에겐 주어지지 않았던 거니까. 안녕도 없이 어느 날 갑자기 남편을 잃었으니까.

그러다 나의 좋은 점과 그녀의 나쁜 점에 대해 생각했다. 또 나의 나쁜 점과 그녀의 좋은 점에 대해서도 생각했다. 그러다 다른 사람의 삶과 비교하는 것은 아무 의미도 없다는 것을 알았다. 타인이 행복해서 내가 불행한 것도, 내가 불행해서 타인이 행복한 것도 아니다. 그런 행복과 불행은 별 의미도 힘도 없다. 그런 거 아니잖아, 우리는 그저 우리 몫의 인생을 살아가는 것뿐이잖아.

예전의 나는 고통스러운 사람들의 삶은 다를 거라고 생각했던 것 같다. 매일이 고통이고 매일이 괴로움이고 눈물일 거라고 막연히 그렇게 생각했던 것 같다. 그렇지만 고통스러운 인생에도 배고픔, 즐거움, 웃음, 유머가 있다. 당연한걸. 다만 깊고 긴 슬픔이 바닥에서 출렁거릴 뿐이다.

나는 여전히 남들보다 크게 웃고 자주 감사해하며 나답

게 지내고 있다. 한 가지 달라진 점은 예전보다 더 간절히 많은 사람들의 안녕을 바라게 되었다는 것. 길에서 마주하는 당신, 모르는 당신들에게도 슬프고 괴로운 일이 없기를 바라게 되었다. 불가능하다는 것을 알지만 그래도 그런 마음이 되었다. 사람들의 웃음소리가 듣기 좋다. 낙담한 표정이나 눈물은 너무 슬퍼서 모두의 안녕을 진심으로 바라게 되었다.

어제의 그녀가 건강을 되찾기를, 그래서 하루빨리 집으로 돌아갈 수 있기를 바란다. 모두 함께 그녀의 건강을 바라주었으면 좋겠다.

나 100살,
엄마 129살에

지호는 잠이 들 때는 꼭 왼쪽을 보고 모로 눕는다. 나는 지호의 오른쪽에 누워 자는데 지호는 잠이 들 때면 꼭 내 오른손을 달라고 해서 자기 손에 포개거나 다리 위에 올려놓는다. 어제도 그런 자세로 자려고 누웠는데 지호가 '엄마, 엄마 얼굴이 안 보여서 무서워.'라고 말하더니 돌아누웠다. 눈이 마주쳐서 우리는 싱긋 웃었다.

"엄마, 내가 100살이고 엄마가 129살 되는 순간에 1초도 차이 나지 않게 둘이 동시에 죽었으면 좋겠다."

지호가 말했다. 언제나 그랬지만 지호에게는 요즘 내가 너무 소중해서 어두워지면 나를 밖에도 나가지 못하게 한다.

"그럼 나보고 129살까지 살라는 소리야?"

"응. 1초도 차이 안 나고 동시에 같이 죽으면 좋겠다."

지호는 열한 살인데 죽음에 대해 자주 이야기한다. 어쩔 수 없겠지만 나는 그게 마음 아프다.

"알겠어. 그럼 노력해 볼게. 129살까지 살 수 있도록."

"꼭이야."

"그런데 너 그때 되면 네 남편이랑 딸이랑 아들만 챙기고 그러는 거 아냐?"

"아 맞다. 나도 결혼을 하겠구나. 그럼 됐어."

"뭐어?"

너무 쉽고 명쾌하게 그럼 됐다고 말하는 게 웃겨서 나는 깔깔 웃었다.

"너 너무한 거 아냐?"

"아니야, 아니야. 취소, 취소! 그냥 나 100살이고 엄마 129살에 같이 죽자."

"됐어, 너 진정성이 없다."

"아니라니까."

지호는 자기가 생각해도 너무하다 싶었는지 미안해하며 나를 따라 막 웃었다. 우리는 한참 같이 웃다가 결국 지호 100살, 나 129살에 같이 죽기로 약속을 했다. 지호는 흡족했는지 금방 잠이 들었는데 나는 그러고도 한참 동안 잠이 오지 않았다.

시간이 갈수록 마음이 힘들었다. 인생에는 삶과 죽음이 있는데 나의 죽음이 닥치기 전까지는 타인의 죽음을 겪고도 우리는 삶을 이어 나가야 한다. 시작과 끝처럼 삶과 죽음이 존재한다는 것을 자연스럽게 받아들여야 하는데 그게 너무 힘이 들었다.

두 번 다시 돌이킬 수 없는 일이라서 그런 걸까. 두 번 다시 돌이킬 수 없다는 말이 얼마나 무겁고 무서운지 자꾸만 내가 감당할 수 있는 걸까 스스로 묻게 된다. 감당할 수 없다고 해도 어쩔 수 없으니까 필요 없는 질문인 걸 아는데도 앞으로 한 발, 나아가는 게 갈수록 어렵게 느껴졌다. 사라짐, 그 없음의 자리가 점점 넓게 번지고 번져서 나는 어떻게 감당해야 할지 몰라 자주 울었다.

하나의 존재가 얼마나 무겁고 소중한지 나는 그 존재가 사라지고 난 뒤 너무 절실히 느끼게 되었다. 그가 이곳에 남긴 발자국, 길고 긴 지구의 역사에서 보면 티끌만큼도 되지 않을 무수한 발자국 중 하나겠지만 많은 것 중의 하나, 작은 것 중의 하나라는 게 의미 없음이 될 수 없다는 것도 알았다. 그리고 누구도 대신해 줄 수 없는 내 몫의 인생을 아주 버겁게 느끼고 있다. 그래도 뚜벅뚜벅 걸어가려고 노력 중이다. 어제를 흘려보내고 오늘은 똑바로 쳐다보려 애쓰고 있다.

며칠 전 새벽에 화장실을 가다가 아빠의 숨소리를 들었

다. 새벽에 지호와 엄마, 아빠가 내는 숨소리. 요즘 가장 아름답고 나를 가장 안심시키는 것은 잠든 가족들이 내는 고른 숨소리다. 먼저 잠든 지호의 숨소리를 들으며 나는 안도의 미소를 지었다. 새벽에 문득문득 두려운 마음에 지호의 코 밑에 손가락을 갖다 대고 따뜻한 숨을 몇 번이고 확인하던 밤들. 살아있다는 게 당연한 게 아니라서 불안을 떨칠 수 없는 밤이 앞으로 얼마나 이어질지 모르지만 예쁜 우리 딸에게 사랑을 듬뿍 줄 수 있는 건강한 몸과 마음을 가진 사람이 되어야겠다고 다짐한다.

나는 똑똑한 엄마는 못 된다. 나도 잘 알고 있다. 가끔 주위의 똑똑한 엄마들을 보면 내가 잘하고 있나 자신이 없어서 불안하기도 하다. 그러나 분명 나만이 줄 수 있는 특별한 것이 있겠지 믿기로 했다. '그래, 예쁜 지호, 넘어져도 훌훌 털고 일어날 수 있는 아이로 자랄 수 있게 엄마가 온 마음을 다해 사랑을 줄게.' 지호의 숨소리를 들으며 다짐했다. 그리고 잠든 지호의 손을 꼭 잡고 나도 잠이 들었다. '여보 나에게 힘을 줘.' 마음으로 부탁하며 잠이 들었다.

그런 생각이 든다. 숨소리만으로 누군가를 행복하게 해줄 수는 없겠지만, 잊지 마, 당신의 숨소리는 모든 것의 시작이야. 오늘도 당신이 살아있어서 너무 다행이라고 나는 생각해. 그리고 무엇보다, 내가 살아있어서 지호에게 사랑을 줄 수 있어서 나는 이 순간이 눈물 나도록 고맙다.

그 여름에 만난
기적

여름 저녁, 아무리 즐거운 시간을 함께 보내도 돌아서면
혼자 감당해야 하는 나의 몫이 있다는 게 어느 때는
너무 벅차다. 내가 나를 감당하기 어려운 순간들이
있어서, 두려워지는 그런 순간. '나를 혼자 두지 마.'라고
누구에게든 말하고 싶은데, 그런데 나는 누구에게도
나를 혼자 두지말라고 말하기 싫은 게 짐이 되는 건 딱
질색이니까. 짐이 되는 것보단 외로운 게 더 나아.
'헤어지기 싫어, 혼자 걷는 게 무서워, 내가 나를 잘 데리고
다닐 수 있을지 모르겠어.' 그런 마음이 들 때가 있는데,
그래도 나는 걸으며 생각한다.
괜찮아, 다 지나갈 거야. 나는 더 좋은 사람이 될 수 있을
것 같아. 지금도 아름다운 건 아름다우니까. 계절의 덕도

본다. 걷기 좋은 날씨, 바람에 흔들리는 나뭇잎, 작은
빗방울, 여름 저녁의 공기, 스무 걸음에 한 번씩 간간이
스치는 풀 냄새 같은 것. 잊지 말아야지. 이 순간 내
마음에 솟아난 용기, 오늘의 공기 같은 것.
잊지 말아야지 하고 여길 만한 순간들이 찾아와 줘서
진심으로 다행이라고 생각한다. 다행, 다행, 다행의
순간들을 이으며 걸어간다. 오늘도 길을 잃지 않고
집까지 잘 도착.

　남편을 보낸 해 여름에 나는 저 일기를 썼다. 그해 나는
많은 사람들의 보살핌을 받았다. 그러나 언제까지나 함께
일 수는 없어서 만났다가도 헤어져야 하는데 나는 그 헤어
짐이 무서울 때가 많았다. 저 사람이 집으로 돌아가고 나면
나는 다시 혼자일 텐데 어쩌지 싶을 때가 많았다. 그렇지만
'가지 마, 나랑 더 있어.' 그런 말은 하지 못했다.
　저 일기를 쓴 날, 나는 정말 친구를 붙잡고 싶었는데 웃
으면서 괜찮아, 괜찮아라고 손을 흔들고 헤어졌다. 그때 돌
아오던 길이 어디였는지, 그때 그 길에서 얼마나 무섭게 쓸
쓸했는지 아직도 분명하게 기억이 난다. 그런데 바람이 불
어서, 풀 냄새가 나서, 늦은 저녁까지 밝은 여름 햇빛이 고
마워서 한 걸음 한 걸음 걷다 보니 아주 작은 용기가 마음
속에서 솟아났다. 기적 같았다. 뭘까? 이 아름다운 용기는.

왜 아직도 이런 마음이 내게 남아 있는 걸까. 아주 의아했는데 그래서 깊게 안도하기도 했다. '그래, 이런 순간들이 아직 남아 있다면 해볼 만해. 견뎌낼 만해.' 하고 생각했다.

그 여름에 내가 만난 기적 같은 마음. 그때는 그것이 자연이 준 선물이라고 믿었는데 돌아보니 그것은 친구의 사랑 덕분인 것 같다. 친구와 마주 앉아 울고 웃던 시간들 덕분에, 그때 친구가 내 마음에 뿌려준 사랑의 씨앗 덕분에 가능했던 기적이었다. 알아? 우리를 일으키는 건 언제나 사랑이다. 남편을 잃은 내 곁을 지켜준 사람들 덕분에 나는 하찮지 않을 수 있었다. 인생을 이어 나갈 수 있을 거라는 가느다란 믿음을 잃지 않을 수 있었다. 다시 그때의 일기를 읽으며 나는 또 힘을 얻는다. 때로는 쓰러진 마음을 일으키는 게 바다를 가르는 일보다 더 힘들게 느껴진다. 도무지 일으켜 세워지지가 않아. 그럴 때, 네 마음이 힘을 잃었을 때, 사랑이 더 이상 남아 있지 않다고 느껴질 때 나의 사랑으로 네 마음을 지켜주고 싶다는 생각을 한다. 알맞은 햇빛과 공기를 만났을 때 언제라도 싹을 틔워 네 마음에 기적을 일으킬 수 있도록 아주 작은 사랑의 씨앗이라도 심어주고 싶다. 그렇게 서로 사랑을 주고받을 수 있다면 허무하고 지루한 이 세계에 지쳤다가도 다시 일어날 수 있을 것 같다. 모처럼 나는 누군가를 위해 사랑을 잃지 말아야겠다는 마음을 먹는다. 지나간 일기가 나를 일으켜 세운다.

오늘 하루도
살아냈구나

어제는 설거지를 하고 빈 세제통에 세제를 채워 넣고 쓰레기를 버리려고 1층과 5층 사이를 몇 번이나 오르내렸다. 지난 주말에는 세탁소에 세탁물을 갖다 맡기고는 지호와 조카를 데리고 예방접종도 다녀왔다. 식구들과 둘러앉아 텔레비전을 보는데 같은 장면에서 웃고 별거 아닌 대목에서 울었다.

대수로울 것 없는 일들로 시간을 보낼 때마다 나는 자주 안도에 가까운 행복을 느꼈다. 남편을 보낸 후 나는 하루를 살아냈다는 것에 의미를 두고 지내왔다. 오늘 하루도 살아냈구나. 그렇게 살아내다 보니 평범한 일상 속에서 안도에 가까운 행복도 느끼게 된다.

하루하루를 살아내는 그 사이사이 '세계의 정다운 무관

심'이란 말을 자주 생각했다. 카뮈의 소설 〈이방인〉의 마지막 부분에 나오는 저 말이 이상하게 잊히지 않는다. 머리로가 아니라 온몸과 마음으로 저 말의 의미를 알 것 같았다. 내가 해왔던 모든 경험들이 저 말을 직관적으로 이해하게 만든 것 같았다. 정답지만 무관심한 세계 속에서 나는 어제 오랜만에 스스로를 행운아라고 느끼며 하루를 마무리했다.

그러나 나는 나의 실수라고 할 만한 것들을 다시 되돌리는 꿈을 꾸었다. '그때 더 오래 꽉 안아줄걸, 그날 나가지 말라고 붙잡을걸, 이렇게 했으면 좋았을걸, 저렇게 했으면 좋았을걸' 하고 생각했던 것들을 하나도 잊지 않고 꿈속에서 실천했다. 그렇지만 알았던 것 같다. 이게 꿈이라 아무 소용이 없다는 것을, 그렇다고 남편이 되돌아오는 것은 아니라는 것을 알았다. 그래도 그렇게 했다. 그래서 꿈속에서 나는 되돌렸었나? 그 후는 모르겠다.

깨고 나니 마음이 공허했다. 날이 어슴푸레 밝아 오고 있어 다행이라고 생각했다. 요즘은 캄캄한 새벽에 깨어나는 게 가장 견디기 힘들다. 세계의 정다운 무관심이라는 말을 다시 떠올렸다. 공허함이 무서웠다. 공허한 사람이 될까 봐 두렵고, 울면서 매일 같은 이야기를 쏟아내는 사람이 될까 봐 두렵다. 얼굴에 그늘이 드리워진 사람이 될까 봐 두렵고, 내 아픔만 가장 큰 것처럼 여기는 사람이 될까 봐 두렵다. 시간이 흐른 뒤에는 내가 겪은 것들만이 진짜인 것처럼 이야기하는 사람이 될까 봐 그것도 두렵다.

그러나 공허한 꿈이 언제까지나 이어지는 것은 아니라고 믿는다. 어제 행복했다고 오늘까지 행복한 건 아닌 것처럼. 이상하게 들릴지 몰라도 요즘의 나는 세계의 비밀을 한 꺼풀 벗겨내고 있는 기분이 든다. 발견해 내고 있다. 이 세계의 진짜 얼굴을. 세계는 우리 모두에게 각기 다른 얼굴을 보여주고 있다. 그래서 내가 발견해 낸 얼굴을 너는 진짜라고 믿지 않을 수도 있다. 그럼에도 나는 매일매일 생의 비밀을 알게 된 기분이다.

바람이 불고 노을이 지면 내 마음은 충만한데 바람이나 노을은 내게 관심이 없다. 지난 금요일의 달은 무척 아름다워 보고 있는 것만으로도 기분 좋게 애가 탔다. 내가 애가 타거나 말거나 달은 홀로 계속 아름답다가 할 일을 마쳤다는 듯 사라졌겠지.

나에게 어떤 일이 생겨도 세계는 아무 관심 없이 흘러간다. 계속된다. 한없이 정다운데 세계는 나의 삶에 아무 관심이 없다. 정답고 무관심한 이 세계, 세계가 그러하다는 것이 위로가 된다. 세계야, 너는 씩씩하구나. 흔들림이 없구나.

잠든 지호에게 이불을 덮어주고 얼굴을 쓰다듬으며 나는 어떻게 이렇게 소중한 존재가 있을까 다시 한번 놀랐다.

이 세계처럼 나도 뒷걸음치지 않고 조금씩이라도 앞으로 나가지 않으면 안 된다. 어느 날 지호가 넘어졌을 때, 뚜벅뚜벅 걸어온 나의 뒷모습을 보고 용기 낼 수 있게 나는 세계처럼 살아내고 싶다.

밤이 아침이 되고, 아침이 밤이 되는 일을 멈추지 않는 세계. 그 세계처럼 씩씩하게 살아내다 보면 기쁨도 슬픔이 되고, 슬픔도 기쁨이 되겠지. 그러니 의연할 것.

그러나 밤과 아침이 서로의 반대가 아니듯 슬픔과 기쁨도 반대에 서 있는 것은 아니라는 걸 잊지는 않았으면 한다. 세계는 쉽게 둘로 나눌 수 없고 이 세계를 이루는 것들은 서로가 서로를 품고 있는 것이라는 걸 놓치지 않는 사람으로 이 생을 살아내고 싶다.

남편의
첫 번째 생일

11월에 남편의 생일이 있었다. 남편을 보내고 처음 맞는 생일. 오래전부터 생일을 어떻게 보내야 하나 걱정을 했다. 그러다 아무것도 하지 않고 그냥 보냈다. 저녁에 퇴근하는데 마음이 무거웠다. 저녁에 미역국이라도 끓여야겠다고 생각하며 고기랑 미역을 사 들고 가기는 했는데 미역국을 끓일 생각만 해도 눈물이 나서 못할 것 같았다. 나 혼자만이라면 괜찮을 테지만 그 모습을 보고 마음 아파할 엄마, 아빠를 생각하니 그러고 싶지 않았다.

집에 가는 길에 편의점에 들러 남편이 좋아하는 맥주를 한 캔 샀다. 냉장고에 넣어뒀다가 저녁에 지호랑 텔레비전을 보며 캔을 따서 옆에 놓아두었다. 맥주 캔 하나만 덜렁 놓아두자니 쓸쓸해 보여 귤이랑 치즈도 꺼내 왔다. 지호랑 웃으며 텔레비전을 보다가도 맥주 캔에 눈길이 갔는데 남편 같았다. 자꾸 눈을 질끈 감게 되었다. 잘 준비를 한다고 지호가 이를 닦는데 나는 맥주를 따라 버리지 못했다. 버리려고 했는데 잘 되지 않았다. 버릴 수가 없었다. 한 모금도 줄지 않은 맥주가, 자기 건데 한 모금도 줄지 않은 맥주가 이상해서 마음이 아팠다. 내가 한 모금 마시고 그래도 버릴 수 없어서 부엌 창 옆에 올려 두었다.

여보, 내가 이것밖에 못 해줘서 미안해. 그 늦은 밤에 나는 번듯하게 상을 차려줄걸 후회가 되었다. '어디에도 없으면서 나를 아프게 하지 마.' 한편으로는 억울한 마음이 들어서, 그렇게 말했다. 남편은 늘 그랬다. 죽음 이후에는 아무것도 없을 거라고. 신을 믿느냐고, 죽음 이후의 세계라는 건 없다고 단호하게 말했다. 그 말이 정말이라면 나는 미역국 같은 건 끓이고 싶지 않다. 미역국 같은 거 나를 위해 끓이는 거 아냐. 혹시라도 모를 당신을 위해 끓이는 거야. 나는 미역국 같은 거 끓이는 거 힘들어. 맥주 캔도 따놓고 싶지 않아. 아무것도 하고 싶지 않아. 나를 위해서라면 아무것도 하고 싶지 않다.

나는 그냥 잊고 싶은 거 같다. 잊어버리고 싶은 거 같아. 떠올리면 너무 마음이 아파서 괴로워서 그냥 잊어버리고 싶은 거 같다. 그런데 잊어버려도 되는 걸까. 생각하지 않으려고 떠오를 때마다 고개를 힘껏 흔들며 지워버리려고 노력한다. 그렇게 시간을 보내고 있다.

그렇지만 괴로움, 괴로움, 괴로움은 아니다. 슬픔 속에 웃음, 괴로움 속에 농담, 그러다 보면 어느 날엔가 슬픔보다 웃음이 더 많아지고 괴로움보다 농담이 더 힘이 세지는 날이 오겠지.

얼마 전에 읽은 책에서 인생은 물을 꿀꺽꿀꺽 삼키는 것과 같은 거라고 했다. 나에게 주어진 잔 속의 물을 꿀꺽꿀꺽 삼키는 것. 매일 해가 뜨고 자리에서 일어나 하루를 시작한다. 씻고 밥을 먹고 출근을 한다. 일을 하고 돌아와 저녁을 하고 그렇게 내 몫의 물을 꿀꺽꿀꺽 삼킨다. 그런 일상에는 묘하게도 강한 힘이 있다. 나도 몇 번이고 느꼈다.

다음 날 일찍 일어났는데 미역국을 끓여야겠다는 마음이 들었다. 미역을 담가 불리고 소고기를 달달 볶아 미역국을 끓였다. 울지도 않고 씩씩하게 끓여서 지호도 먹이고 나도 먹었다. 우리 몫의 밥과 국을 뜨기 전에 남편 몫을 먼저 떠두었다. 늦어서 미안했어. 생일 축하해, 여보.

아마 아직도 한참, 갈 길이 멀다고 생각한다. 그래도 곧 12월, 올해가 끝나간다. 올해의 끝도 오기는 오는구나. 오늘 아침에는 눈이 온다. 아름답게, 아름답게 내린다. 언젠가 남편은 그런 시를 썼다. '비 오신다, 벚꽃 비 오신다' 그렇게 시작하는 시를 썼었다. 우리를 스쳐가는 이 시간 속에서 모두 건강하고 평안하길 바란다. 아름답게, 아름답게.

빛도 그늘도
나답게

행복의 얼굴은 하나가 아니라고 생각했다. 불행도 마찬가지로 하나의 얼굴을 갖고 있지 않다. 때로 불행의 얼굴은 타인이 정해주기도 한다. 이런 일을 겪었으니 이럴 거야, 저런 일을 겪었으면 저렇겠지. 어쩌면 불행의 얼굴은 타인이 정해주기 때문에 우리의 불행이 더욱 불행해지는 것일지도 모르겠다.

내가 불행을 이겨내는 방법은 내 얼굴로 불행의 터널을 지나는 것이었다. 나의 얼굴을 갖는 것, 나는 그것을 택했다. 남편을 잃었으니, 혼자 아이를 키워야 하니, 남들이 지레짐작하거나 단정 짓는 대로가 아니라 그때그때 나만의 얼굴을 만들어서 나만의 표정을 지으며 가야 이 길을 잘 지날 수 있겠다는 생각을 했다.

가끔 사람들이 내게 그들이 짐작한 불행의 얼굴을 기대하고 있다고 느낀 순간도 있었다. 그들이 짐작하는 불행의 얼굴을 보여줘야 하는 건가 헷갈린 적도 있다. 하지만 그러고 싶지 않았다. 나의 불행이 나에게 어떤 표정을 줄지, 내가 어떤 포즈를 취할지 그런 것은 내가 결정하고 싶었다. 그리고 나는 불행의 얼굴을 짐작하는 사람이 되지는 말아야겠다고 생각했다.

또 더 많은 시간 나는 불행이라는 단어를 잊고 살려고 했다. 죽음에 대해서는 아주 오랫동안 생각을 했다. 그랬더니 이제는 죽음이라는 게 그렇게 두렵고 슬픈 일 같지 않다. 그럴듯하게 나와 발맞춰 길을 가는 친구처럼 여겨지기도 한다. 죽음과 이만큼이나 가까워지다니 시간의 힘이다.

많은 순간 우리는 타인의 시선으로 인생을 살고 있는지도 모르겠다. '저 사람이 나를 어떻게 볼까?'라는 생각에 갇혀서 자기의 인생을 마음껏 누리지 못하고 있는 건 아닐까? 불행한 순간조차도 저 사람이 나를 어떻게 볼까 그런 생각에 갇혀서 더욱 불행해지는지도 모르겠다. 어떻게 보긴 뭘 어떻게 봐. 보고 싶은 대로 보겠지. 그러니 너무 신경 쓰지 마, 그건 나의 영역이 아니다. 나의 영역은 내가 어떻게 할 것인가, 어떻게 받아들일 것인가 그 정도까지야. 아주 분명하다. 의심의 여지가 없다.

나의 불행 앞에서 어쩔 줄 몰라 하는 사람들의 표정과 마주하는 게 두려울 때가 있다. 거꾸로 내가 위로를 건네야 할 것 같은 기분이 들 때도 있다. 그럴 때면 솔직히 번거롭기도 하다. 그러나 다행히 그 마음의 선의가 언제나 더 먼저 내 마음에 닿아 마음속에 원망이나 미움보다 고마움을 더 크게 들일 수 있었다. 함께 아파해 준 모두에게 두고두고 고마울 것 같다.

그리고 불행의 터널을 하루치 더 걸어온 오늘도 타인의 시선으로 인생을 살지는 않겠다는 다짐을 한다. 나의 표정, 내 마음의 빛과 그늘은 내가 만들어 가고 싶다. 빛도 그늘도 나답게 만들어 가고 싶다.

결론은
아직이니까

텅 빈 사무실에서 심심해서 뭘 할까 고민하다가 며칠 전에
쓰다 만 일기를 완성하기로 했다. '모든 것에 실패했다는
생각이 불현듯 들었다. 그 생각은 사실이 아니고 그저 하나
의 문장이 머릿속을 스쳐 지나갔을 뿐인데 너무 강력하게
모든 것에 실패자가 된 기분이다.'로 시작하는 일기.

그날 나는 개차반이 되기 위해 공원으로 가던 길이었다.
갈수록 개차반이 되고 싶었다. 나 하고 싶은 대로만 하면서
살고 싶었다. 무엇보다 내 마음에 가장 충실하고 싶었다.
길거리에 있는 쓰레기도 막 발로 차고, 눈 마주치는 사람들
도 막 째려보고, 한낮에 술을 벌컥벌컥 마시다가 길에 가만
히 서서 고요한 노래를 부르고 싶었다. 노래가 끝났는데 박
수 치지 않는 사람들이 있으면 윽박지르고, 박수 치는 사람

들과 그 자리에 주저앉아 맥주를 마시고 싶었다. 당신의 이름은 뭔가요? 그래서 요즘 기분은 어때요? 그러다가 마음에 드는 사람의 번호는 저장하고 재미없어지면 자리를 박차고 일어나고 싶었다. 공원에 앉아 해가 질 때까지 가만히 앉아 아름다운 노을을 바라보며 아아, 끝없이 끝없이 감탄하고 싶었다.

나는 살갗에 스치는 바람을 상상하며 공원으로 향했다. 그런데 불현듯 '모든 것에 실패했다.'는 생각이 들어서 흠칫 놀랐다. 그건 마치 작년 어느 날, 구청에 남편의 사고 신고를 하려고 버스를 타고 가는데 '불행'이라는 단어가 생각났을 때와 같았다. 다른 점은 작년의 나는 불행이라는 단어에 질 수 없다고 생각했다. 어떻게 내가 나를 불행하다고 생각할 수 있겠어, 끝은 그런 게 끝이라고 생각했었다. 이번엔 실패라는 단어는 걸맞지 않다는 걸 알면서도 어떤 부분 인정하지 않을 수 없었던 것 같다. 공원까지 걸어가며 나는 곰곰이 생각했다.

실패인가, 실패야? 내 인생은 실패한 건가? 실패라고 할 수 있나? 만약 실패라면 어떤데? 실패든 아니든 그게 중요한가? 그럼 뭐가 중요하지? 그런 생각을 하며 편의점에 들러 캔 맥주를 하나 사 들고 걸어갔다. 내가 좋아하는 자리에 다른 사람이 앉아 있으면 어쩌지 그런 사소한 걱정도 하며 걸어갔다. '실패'라는 글자에 구멍이 날 정도로 골똘히 생각하며 자주 앉는 벤치까지 걸었다. 다행히 내가 좋아하는 벤치 중 한 자리가 비어있어서 얼른 앉았다.

자리를 잡고 앉아 탁 트인 공원을 한번 둘러보는데 높은 아파트 사이로 노을이 지고 있었다. 노을을 물끄러미 바라보니 앞에서 바람이 불어왔다. 나도 모르게 숨이 크게 터져 나왔다. 가방에서 맥주 캔을 꺼내 딸칵 따서 몇 모금 마시는데 참 다행이라는 생각이 들었다.

공원이 평화로워 보여서 다행, 해가 길어서 다행, 바람이 불어서 다행, 맥주가 시원해서 다행, 다행인 것들이 많아서 다행. 실패고 뭐고 그냥 바람이 불어서 좋았다. 눈을 감으면 더 좋았다. 눈을 감으면 바람이 더 결정적으로 불어오는 기분이었다.

결론을 내리기에는 아마도 살아갈 날이 너무 많이 남았고 만약 실패였다고 해도 어쩔 수 없는 일이라고 생각했다. 아직이고 여기서 끝이 아니니까, 그렇대도 어쩔 수 없으니까 나는 실패라는 생각에 결론을 내리지 않기로 했다.

요즘의 나는 반복해서 반복해서 인생은 통과해 가는 데 그 의미가 있다는 생각을 한다. 바람이 불었고, 바람이 좋았다. 그걸로 좋다고 생각했다.

멀리 돌아
집으로 가던 날들

집에 들어가기 싫어서 일부러 가까운 길을 두고 멀리 돌아서 가던 때가 있었다. 아무렇지 않은 얼굴로 가족들을 마주하기 위해서, 혼자 마음을 어루만지는 시간이 필요했다. ㅁ 자 모양으로 돌아서 집에 가기도 했고 ㄹ 자 모양으로 돌아서 가기도 했다.

그 길에서 나는 마음을 꼭 붙들어야 한다는 생각을 자주 했다. 남편이 떠난 일을 특별한 불행이라고 생각하지 않기 위해 안간힘을 썼고, 나를 탓하지 않기 위해 많은 것을 흘려보내려 노력했다. 보고 싶다거나 못 견디겠다거나 막막하다, 허전하다, 미안하다 그 모든 것들을 표현할 말은 '괴롭다.' 뿐이었다. 괴로웠다. 마음을 어쩌지 못할 만큼 괴로웠는데, 괴로워하고 싶지 않았고 너무 괴로워도 안 된다는 생각을 그 와중에도 했다. 너무 괴로워해서는 살아갈 수가 없다. 그런 생각을 하게 되는 게 무서웠다. 앞으로 한 발, 하루에 반 발자국이라도 가기 위해서 나는 너무 괴로워해서는 안 된다고 생각했다.

뜻대로 되지는 않았다. 자주 먼 곳을 바라보았다. 마음을 멀리에 두려고 했다. 바람이나 노을 위에 눈길과 마음을 얹어두었다. 나무를 올려다보며 초록이나 빈 가지, 햇살 같은 것으로 마음을 채우려 노력했다. 바람이 불면 흔들흔들 함께 흔들렸다. 마음을 비우고 싶었다.

노을을 보며 공허하게 앉아있던 벤치 생각이 난다. 이게 어떻게 된 일일까, 그 물음을 반복한 채 넋을 놓고 앉아있던 시간들이 생각난다. 많은 일들이 일어나고 우리는 때때로 괴로운 시간을 보낸다. 그럴 때는 지나치게 생각하지도 지나치게 자책하지도 말고 그냥 흘러가게 두어야 한다. '다만 흘러가, 그게 인생일지도 몰라.' 나는 그런 생각을 하며 그 시간들을 버텼다. 집으로 돌아가는 시간을 지연하며 그런 깨달음을 얻었다.

요즘 일이 많아서 어제는 잠시 회사에 나왔었는데 일을 마치고 집에 가는 길에 노을이 지길래 오래 걷고 싶었다. 그러다가 '아니야, 얼른 집에 가서 지호를 맞아줘야지. 친구들과 놀러 나간 지호보다 빨리 집에 돌아가 '어서 와.'라고 말해줘야지. 지호가 오는 길목에 마중도 나가야지.' 그런 생각을 하며 서둘러 집 쪽으로 발길을 돌렸다.

그때 그 시간들이 생각났다. 집에 가기 싫어서 빙빙 돌던 시간들, 그때가 떠올랐다. 혼자서 피식 웃었다. '그래도 많이 왔네.' 그런 생각이 들었다. 마음은 늘 뜻대로 되지 않지만, 상황에 휘둘리는 마음을 갖고 싶지는 않다. 내 마음은 내가 잘 데리고 있어야 한다. 좋은 것들을 주면서, 달래면서, 아끼면서 그러면 마음도 내게 좋은 걸 준다. 괴롭지 말라고, 고생이 많다고, 가끔은 쉬라고 평온한 시간을 선물한다.

나쁘지 않아

카레를 만들다가 익숙한 기분에 빠졌다. 엄마와 다시 함께 살게 된 뒤로는 엄마가 차려 준 밥만 먹느라 요리할 때의 기분을 거의 잊고 사는데, 주말에 식사 준비를 하다 보면 예전의 느낌이 살아난다. 10년이나 밥을 했는걸.

아침에 일찍 일어나서 쌀을 씻고 국을 끓이고 씩씩하게 장을 봐서 분주하게 저녁 준비를 하던 시간들이 다시 반복 되는 기분. 구체적인 어떤 기억이 떠오른다기보다 양파 껍 질을 까고 감자를 썰다 보면 예전의 나로 돌아간 느낌이 든다. 아주 익숙하고 따뜻하고 행복한 느낌이 돌아온다.

오늘은 또 공원에서 친구와 잠시 책을 읽었는데 웃음이 났다. '내가 이래서 하루키를 좋아했었지.'라고 생각할 만 한 문장을 만났기 때문이다.

"흡혈귀란 게 정말 있다고 생각하십니까?"

"흡혈귀요?"

나는 멍해져서 백미러 속에 있는 운전사의 얼굴을
쳐다보았다.

"모르겠는데요."

"모르시면 곤란합니다. 믿는다, 믿지 않는다, 둘 중의
하나로 대답해 주세요."

"믿지 않아요."

"유령은 어떻습니까? 믿습니까?"

"유령은 있는 것 같은 느낌이 들어요."

"느낌이 든다는 것 말고 예스나 노로 대답해 주세요."

"그, 뭐냐, 언제부터 흡혈귀였나요?"

"벌써 9년쯤이 되나. 뮌헨 올림픽이 열렸던 해였으니까."

"왜 택시 운전을 하고 있죠?"

"흡혈귀라는 개념에 얽매이고 싶지 않았기 때문입니다.
망토를 쓰거나 마차에 올라타거나, 성에서 산다고
하는 그런 건 싫거든요. 저는 세금도 제대로 내고 있고,
인감 등록도 돼 있어요. 디스코텍 같은 데 가기도 하고,
파친코도 합니다. 이상합니까?"●

　중간중간 건너뛰고 옮겼지만 어쨌든 이런 유쾌한 느낌.

친구랑 같이 좋아하고 싶은 마음에 친구에게도 띄엄띄엄 읽어주었다. 마치 옛날에 좋아하던 사람을 오랜만에 만났는데 그동안 까맣게 잊고 있었던, 하지만 너무 익숙하고 조금도 달라지지 않은 매력을 다시 마주했을 때의 기분이랄까, '아, 내가 이래서 얘를 좋아했지.' 그런 기분.

저녁에 장을 보고 집에 오면서, 가을이 작정하고 뽐내고 있는 길을 걸으면서 '와루쿠나이(나쁘지 않아), 와루쿠나이.'라고 혼잣말을 했다. 요리도 하루키도 예전의 나를 상기시켰지만, '지금의 나도 나쁘지 않아. 그래, 나쁘지 않아.'라고 되뇌며 남편이 떠난 후 두 번째 가을을 보낸다. 두 번째 겨울을 준비한다.

● 무라카미 하루키의 소설 <택시를 탄 흡혈귀> 중에서

새해 첫날 찾아온
당신

이상한 꿈을 꾸었다.

꿈에서 지호와 나는 자전거를 타고 골목을 돌아다니고 있었다. 이상한 일이지만 지호가 먼저 나를 태워주었고 그 뒤에 내가 지호를 태워주었다. 누군가를 만나러 갔다가 집으로 돌아가는 길이었다.

꿈이 그렇듯 어디로 가는지 어디를 달리고 있는지 모르면서도 오사카라고 생각했다. 긴 언덕을 올라갔더니 열차가 있었다. 언덕을 오르는 동안 지호는 자전거에서 내려 걸었고 나는 애를 쓰며 자전거를 끌고 갔다. 열차를 타고 집에 온 나는 너무 지쳐서 바닥에 드러누웠다. 남편의 다리를 베고 누웠다.

남편은 어디 다녀왔냐고 투덜거렸다. '그러는 당신은 어디 갔었어? 깜짝 놀랐잖아. 여기 있는 줄도 모르고 내가 얼마나 애가 탔는 줄 알아?' 나는 속으로 이런 말을 삼키며 말할 수 없을 만큼 큰 안도감을 느꼈다.

남편은 내가 해놓은 메모를 두고 놀렸다. 가끔 나는 남편의 일을 도와주었다. 학생들이 쓴 독서 감상문을 읽고 A, B, C로 분류하며 짤막한 소감을 덧붙인다든가 그런 몇 가지 일들. 꿈속에서 내가 학생들의 시험지를 채점한 후 뭐라고 덧붙여 두었던지 남편이 빙글빙글 웃으며 말했다.

"너 채점해서 메모해 두었더라? 뭐라고 코멘트도 쓰고. 제법 선생같이 했던데? 저는 시험도 못 보면서."

그리고 남편은 큰 소리로 웃었다. 그 뒤에 남편은 '잘하긴 했더라.'고 덧붙였다.

오랜만에 듣는 남편의 농담, 남편의 유머. 남편은 고맙다는 말도 꼭 그렇게 했다. 그래도 나는 다 알았다. 남편이 무척 고마워하고 자랑스러워했다는 거. 남편의 다리를 베고 누워 그 말을 듣는데 그 말투, 그 농담을 얼마나 그리워했는지 너무 뼈저리게 느껴져서 눈물이 났다.

나는 어쩔 수 없이 너무 나라는 인간이라 좋은 기억 같은 걸 잊고 지냈다. 억지로 잊고 지낸 게 아니라 그냥 떠올리지 않았다. 그런 순간들을 떠올리며 지낼 수는 없으니까. 지금과 지금과 지금의 나를 위해 나는 뒤돌아보지 않았다. 더더욱 지금을 살려고 애써왔다.

그런데 꿈이, 내가 잊고 있었던 나의 행복한 순간들을 고스란히 살게 해 주었다. 나는 종종 남편의 다리를 베고 누워서 머리를 쓰다듬어 달라고 했다. 남편이 내 머리를 쓰다듬어 주는 게 좋았다. 살살 잠이 쏟아지는 그 기분이 좋아서 자주 귀찮게 했다. 그럼 남편은 불평 한마디 없이 머리를 쓰다듬어 주었다. 그런 거 다 기억 안 하고 살았는데 꿈에서 반복해서 내 머리를 쓰다듬어 주어서 나는 그만 울어버렸다. 울다가 남편의 손을 잡았는데, 안 잡힐 것 같아서 아주 조심스럽게 잡았는데 뭔가가 잡혀서 너무 울어버렸다. 남편이 내 등에 가만히 손을 갖다 댔는데 정말로 무언가 닿아서 깜짝 놀라며 울면서 잠에서 깼다.

눈물이 너무 났다. 누워서 일어나지도 못하고 계속 울었다. 사실은 요즘 잠을 잘 자지 못했다. 일찍 잠들기는 하지만 깊이 잠들지 못해서 새벽에도 늘 깨어있는 기분이었다. 머릿속으로 무수히 많은 생각들이 지나가느라 깊이 잠들지 못했다. 깊은 잠, 그것이 영영 달아나버리면 어쩌나, 새벽에 일어나 우두커니 걱정한 적도 많다. 어떻게 살아야 하는지 막막하다는 생각이 자주 들어서, 내가 가진 건 막연한 낙관이나 용기뿐인데 그런 것만으로 세상을 살 수 있을지 자신이 없어져서 밤마다 자면서 방황하는 기분이었다. 그런 거 다 알고 와준 거 같았다. '다 알아, 너 힘든 거, 이해해.'라고 말해주려고 내 꿈에 와준 거 같았다.

영혼을 믿지만 내가 생각하는 영혼은 마음 같은 거라서 살아있는 동안에만 이어져 있고 죽음 후에는 아무 소용없는 거라 생각했다. 그런데 어쩌면 아닐 수도 있겠다. 어쩌면 영혼이라는 게 정말 있을 수도 있겠다. 그래서 우리는 아직 이어져 있는지도 모르겠다. 어제도 늦게 잠들었는데 오늘도 새벽에 일어났다. 책을 읽다가 깜박 다시 잠들었는데 잠들길 잘했다. 남편의 손이 닿았던 등의 감촉이 너무 생생하다. 그건 뭐였을까, 아무리 생각해도 남편이었다.

당신이 머리 쓰다듬어 주었던 거 이제야 떠올린 거 하나도 미안하지 않아. 새해 첫날이라고 응원처럼 꿈에 와 준 것도 고맙고 그렇지 않아. 그렇지만 그냥 좋았어. 다시 만나서 그냥 좋았어. 나를 염려해 주고 있구나 느껴졌어.

한 해의 마지막이나 새해의 시작 같은 거 별 의미 없다고 생각했는데 첫날부터 와준 걸 보니 영 의미 없는 날은 아닌가 보다. 살면서 계속 힘내기란 쉽지 않다는 거 안다. 속속들이 들여다보지 않아도 이제는 누구나 힘에 부치는 일 한두 개쯤 품고 산다는 것도 알겠다. 부디 너무 초조해하지 말고 천천히 둘러보며 올 한 해도 무사히 보내면 좋겠다.

이상한 꿈을 꾸었는데 결국 시작을 위한 다정한 응원이었던 거 같다. 또 한 해가 시작되니까 용기를 내라고 남편이 저 멀리서 보낸 슬프게 다정한 응원. 그럼 당신의 시작은 내가 응원할게. Happy new year!

그때의 깨달음들은
어디로 가는 걸까?

나는 인간이 저절로 성장한다고 생각하지 않는다. '나이가 많다'는 것이 '사고가 깊다'를 뜻하는 것이 아니며, '경험이 많은 것'이 반드시 '사고의 유연함'으로 이어지는 것은 아니라고 생각한다. 저절로 이루어지는 것은 아무것도 없다. 봄이 와서 꽃이 저절로 피는 것처럼 보여도 보이지 않는 뿌리, 줄기, 잎의 긴긴 몸부림이 없다면 풀꽃 하나도 싹을 틔우지 못할 것이다. 매년 피어나는 꽃들도 매년 안간힘을 쓴다.

꽃들은 매년 자란다. 자라는 일을 멈추지 않는다. 나 역시 자라는 일을 멈추고 싶지 않다. 그런데 쉬는 건, 가만히 있는 건 너무 쉽다. 시간은 가만히 두면 정말 가만히 무심하게 너무도 빨리 흘러간다. 나는 그걸 참을 수 없다. 어제가 오늘이고 오늘이 내일인 시간들을 참을 수가 없다.

가끔 지난 일기들을 읽다 보면 그때의 자리에서 한 발도 앞으로 나가지 못했다는 생각이 든다. 오히려 몇 발자국, 수십 발자국 뒤로 와있다는 생각이 들 때도 있다.

언젠가 깨달았던 것은 늘 내 안에 남게 되는 것일까? 내가 했던 모든 생각들은 내 안에 남는 것일까? 만약 가장 강력한 생각들만 남는 것이라면 내가 붙들어야 하는 가장 강력한 것은 무엇일까? 어느 시기의 유효한 깨달음을 반복해서 되새기는 건 성장일까, 그 생각을 뒤집는 게 성장일까? 자, 이 생각은 이제 됐어 다음 스텝으로, 이게 성장일까?

몇 년 전의 일기를 읽다가 이런 생각이 들었다. 수년 전 나는 이런 일기를 썼다.

'공허하다'라는 말의 의미를 알게 된 건 몇 년 되지 않는다.
만났다 돌아서면 사라지는 정도의 존재감이 아니라
뒤돌아선 뒤에도 외롭지 않게 만들어 주는 사람이 좋다.
너에게 내가 의미 있는 사람이라는 확신, 우리를 외롭지
않게 해주는 건 그런 확신들이다.
그러나 외로움이나 공허감을 완전히 이길 수 있는 확신을
갖는 것은 쉽지 않다. 확신을 얻기를, 받기를 기다리며
외로워하는 대신 스스로 나 아닌 다른 존재에 애정을
쏟을 때 공허감이 사라지는 것 같다. 인간이든 다른

대상이든 내 안에서 비롯된 애정을 내가 먼저 자발적으로 쏟는 것, 열쇠는 여기에 있다. 나는 이것을 식물들에게서 배웠다.

그때의 나는 저런 생각들을 했는데 그때의 깨달음은 지금도 유효한 걸까? 공허함을 이겨내는 방법이 무엇인지 알았다고 생각했는데 왜 아직도 공허 때문에 뒤척이는 걸까? 왜 나는 지금도 외롭고 누군가의 확신을 필요로 하는 걸까? 결국 인간은 끊임없이 자기를 견뎌야 하는 걸까?

세상에는 알 수 없는 일이 너무 많은데 공허할 때는 이 모든 질문들이 더욱더 도돌이표처럼 제자리를 맴돈다.

그러나 이 모든 것과 관계없이 홀로 아름다운 봄.

지금까지와는
다를지라도

일 년 넘게 이어 오던 일이 마무리가 되어간다. 돌아보니 그 일 년에 여러 가지 일들이, 언제나 일어날 만한 여러 가지 일들이 일어났다. 그리고 일어날 만한 일들을 겪으며 어쩌면 나는 이제야 남편의 부재를 실감한다. 자려고 불을 끄면 막연한 불안이 내 옆에 함께 누워 자꾸 울 것 같다.

내 안에는 나를 나라고 말할 수 있게 하는 어떤 것이 오랫동안 존재해 왔다. 그것은 몇 마디 말로 표현할 수 없는데, 그것 덕분에 지금까지 내가 있어왔다고 생각한다. 친구가 이름 붙여준 그것의 가장 가까운 이름은 '낙관'인데, 낙관이라고만 할 수는 없는 그것을 일단 낙관이라고 부르겠다.

남편은 '네가 지금의 모습으로, 너 자체로 살아올 수 있

는 것은 내가 있기 때문이야.'라는 말을 자주 했다. 자기가
지켜주고 있어서 내가 나로서 살아올 수 있었던 것이라고
가끔 남편은 조금 억울한 듯 말했다. 나는 남편의 말에 대
체로 수긍했지만 전적으로 동의할 수는 없었다. 왜냐하면
마음을 갈고 닦으려는 나의 노력을 인정받지 못했다고 생
각했기 때문이다. '당신이 있으니까 내가 이렇게 지낼 수
있는 거 알아. 늘 고마워.'라고 대답하면서도 한편으로 그
때 내가 남편에게 진짜 하고 싶었던 말은 '네가 아니었어도
나는 나로서 살 수 있었을 거야. 그게 나라는 사람이니까.'
였던 것 같다.

요즘 나는 당신이 펼쳐놓았던 세계, 우리를 지켜주려고
안간힘을 쓰며 만들었을 그 세계의 평화로움과 안정감에
서 내가 벗어나 있다는 것을 깨닫는다. 그리고 그때 남편이
했던 말의 의미를 이제야 알게 되었고, 그 말이 생색이 아
니라 알아달라는 투정이었다는 것도 뒤늦게 깨닫는다.

내가 해야 하는 것, 할 수밖에 없는 것, 도망칠 수 없는 것
들을 생각하다 보면 쏟아지는 비를 고스란히 맞고 서 있
는 기분이 든다. 누구도 비를 가려주지 않고 같이 맞지 않
아. 온전히 나 혼자 짐을 짊어진 채 이 세계에 서야 한다는
무게 때문에 자려고 누우면 자꾸 울 것 같다. 내가 사라질
것 같아서, 나를 나라고 말할 수 없게 되는 순간이 올까 봐.
그리고 어떤 경험은 그 그림자가 아주 길어서 벗어나는 데

무척 오랜 시간이 걸린다는 것도 알았다. 그 시간을 그림자로만 받아들이지 않기 위해, 나는 어떤 노력을 기울여야 하는 걸까. 그게 어렵다. 어떻게 받아들여야 하는 것인지 그게 어려워.

제주도에서 바다를 바라보고 앉아서 나는 그걸 찾으려고 곰곰이 생각했다. 앞으로 내가 가질 마음에 대해서 오래 생각했다.

그러다가 나는 유란이 생각을 했다. 그녀가 살아있을 때, 우리가 즐거웠을 때, 미래가 막연하긴 했어도 우리가 충분히 낙관적일 수 있었던 그때, 그 시절의 우리를 눈을 감고 떠올려 보니 너무 빛난다.

우리에게 어떤 시간이 다가올지 모른 채 우리는 너무 충만하게 행복하고 빛났다. 그때 우리가 몇 년 후 삶과 죽음으로 갈라질 테고, 또 나는 그로부터 몇 년 뒤에 소중한 사람을 잃어버리게 될 거라는 걸 알았다면 우리는 행복할 수 있었을까? 아무것도 모른 채 빛났던 그날들처럼, 여전히 앞날에 대해서 알 수 없다는 건 그때와 같으니까 그때의 우리처럼 그냥 지금 행복하기만 하면 되는 걸까? 그때처럼 나는 충만하게 행복할 수 있을까? 이제 나는 자신이 없어졌다. 자신이 없어졌어. 그게 사실이야.

낙관이 지금까지의 나를 지켜줬지만 이제 낙관만으로 갈 수는 없다는 것도 안다. 새로운 챕터가 시작되고 있음을 실감한다. 그래서 다음 챕터의 나는? 나는? 여러 번 나에게 물었다. 그리고 자신은 없지만, 나는 지금까지보다 좀 더 씩씩하고 분명해지기로 했다. 동시에 너그럽고 가볍기를 바란다. 어쩌면 앞으로의 나는 쉽게 자책하고 구겨져 쪼그라들 것이다. 조심스러워 움츠러들고 잠 못 드는 날도 많겠지.

그렇지만 금세 털고 일어날 수도 있을 것이다. 어떤 모습이면 어때, 나는 언제든 열심일 텐데. 열심히 고민하고 털고 일어나 웃을 나를 믿기로 한다.

가만 생각해 보면 지금까지의 나를 나로 만들어 준 것은 넘치는 사랑이다. 이어진 마음, 마음을 타고 전해지는 사랑, 그러니 혼자 비를 맞고 있다는 내 생각은 아마 틀린 것일 것이다. 지금까지와는 다를지라도 나를 아무렇게나 버려두지 말아야지. 이것은 나의 다짐. 내일 무너질 나를 모레 다시 일으킬 다짐이다. 그러니 너도 내 안에서 사라지지 말아라. 사라지지 말아.

안녕,
날씨가 좋네

이제는 많이 걸어왔다고 생각하는데 이상하게 레이디 가가의 'I'll never love again'만 들으면 눈물이 난다. 이 노래의 어떤 구절들이 너무 나의 마음이라 어느 때는 어쩔 줄을 모르겠다.

마음이 아파 어쩔 줄 모를 때 나는 몸을 조금 숙이고 얼마간 가만히 있는데 아픔이 찌르르 목까지 올라오는 걸 느낄 때마다 마음이란 분명히 존재하는구나 확인한다. 눈에 보이지 않아도 있는 것, 잡을 수 없어도 분명한 것, 대강의 위치까지도 알 것 같다. 나의 마음이란 것은 이쯤에서 아파하고 있구나 하고.

기쁨이나 즐거움은 온몸에 퍼지는데 아픔이나 슬픔은 어느 한곳에 굳게 뭉쳐 풀어질 줄 모른다. 그러나 인생은 가만히 숙이고 있다가도 누군가 부르는 소리에 고개를 들고 일어나 걸어나가는 일의 반복.

나의 이름을 불러주는 고마운 목소리들이 있다. 서로의 이름을 번갈아 부르며 우리는 슬픔에서 벗어날 힘을 얻는다. 그러니까 나는 마음에 짓눌려 가만히 수그리고 있을 당신의 이름을 불러주고 싶다. 누군가 나의 이름을 불러주어 내가 고개를 들 수 있었던 것처럼, '안녕 오늘은 어땠어?' 하고 불러주고 싶다. 가끔은 누가 나를 떠올려 주는 것만으로도 힘이 되니까. '안녕, 날씨가 좋으네.' 하고.

꿈도 없는
깊은 잠을 빌어요

언젠가 나는 일기에 '슬픔이 참 대중적이라 약이 오른다.'고 쓴 적이 있다. 그런 생각을 한 건 우연히 듣게 된 누군가의 통화 때문이었다. 일 년 전쯤인가 회사 복도를 지나는데 옆 사무실 분인지 낯선 사람이 통화하는 걸 듣게 되었다.

"저희 아버지께서 사망하셨는데 어머니께서 휴대폰을 당분간 살려두고 싶어 하셔서요."

통신사에 전화하는 것 같았다. 복도 한쪽 벽에 붙어서 낮은 목소리로 통화하는 걸 보니 다른 층 사람일 수도 있겠다 싶었다. 내 모습이 떠올라서 왠지 쓴웃음이 났다.

"남편이… 얼마 전에… 전화를 당분간 살려둘 수 있을까요?"

나도 똑같이 물었었다. 死亡이라는 말은 그때나 지금이

나 말로도 글로도 익숙해지지 않는다. 우리 회사는 13층인데 나는 7층에 가서 통화했었다. 잘 나오지 않는 목소리를 애써 가다듬으며 그런 일들을 처리했다.

남편의 전화를 당분간 살려두고 싶다는 그 어머니 마음이 너무 이해갔는데 이상하게 씁쓸하고 맥이 풀렸다. 나에게는 모든 일들이 하나하나 다 말할 수 없이 힘들었는데, 몇 번이나 꿈인가 싶을 정도로. 그런데 꿈이 아니라서 이게 꿈이 아닐 수가 있나 괴로웠는데, 나만 겪는 일이 아니라 누구나 겪는 일이라고 생각하니, 왜 그렇게 힘들어했을까 억울한 마음이 들기도 했다. 슬픔이 참 대중적이라 약이 올랐다.

얼마 전에 내 친구 박진이 남편을 잃어 문상을 가게 되었다. 나의 지난 시간들을 돌이켜 보니 구석구석 힘든 일이 많았다. 나와 같을 수는 없겠지만 휴대폰을 해지하거나 해지를 미루는 일처럼, 동사무소에 가서 사망 신고를 해야 하는 일처럼 겪지 않을 수 없는 그 길을 가야 하는 그녀를 생각하니 마음이 좋지 않았다.

그러나 내가 그랬듯 수많은 마음들이 그녀를 지켜줄 거라고 믿었다. 문상을 가던 그날, 달이 무척 밝았다. 어두운 하늘에 떠 있던 둥근달이 오래 기억에 남을 것 같았다. 그날의 달처럼 많은 사람들이 그녀의 밤을 밝혀줄 거라 믿는다. 날이 저물고 어둠이 내리고 밤이 와도 암흑은 아니다.

마음이라는 게 빛이 되더라. 눈을 감으면 나를 향해 모이는 마음들이 보이는 것 같았다. 그 빛나는 마음들 덕분에 다시 일어날 수 있었다.

　부디 나의 마음이 그녀에게 전해져 오늘 밤의 어둠을 밝혀줄 수 있으면 좋겠다. 박진, 당신의 밤을 위로해요. 꿈도 없는 깊은 잠을 빌어요.

겨울적 인간

안다고 생각했던 것들이 실은 전혀 알지 못했던 거나 다름 없다고 생각될 때가 있다. 요즘엔 예전에 알던 노래의 가사들이 너무 뼈아프게 박힌다. 아는 노래라고 생각했는데 어떤 노래인지 전혀 몰랐구나 싶어 놀란다. 그것은 내가 새로운 감정을 알게 되었기 때문인지도 모른다.

우리는 매우 다양한 감정을 겪으며 살지만 실은 어떤 감정들은 전혀 모른 채 관성처럼 익숙한 감정에만 빠져 사는 것일지도 모른다. 즐거운 사람은 즐거움이라는 감정이 지배적인 채로, 외로운 사람은 외로움이라는 감정이 지배적인 채로, 익숙한 감정만을 반복해서 불러내며 살고 있는지도 모른다. '넌 어떤 감정이 가장 익숙한데?'라고 묻는다면 내가 가장 익숙하게 반복해서 불러냈던 감정은 '좋다.'이다. 좋은 것들을 꾸준히 되뇌면서, '응, 좋네, 좋아.'를 반복하면서 그렇게 살아온 것 같다. 그런데 '좋다.'가 어떤 감정이긴 한가? 그 '좋아.'는 정말 '좋아.'였을까?

내가 새롭게 알게 된 감정은 '황량함'이다. 황량하다거나 아득하다는 감정이 뭔지 나는 전혀 모르고 살았던 거 같다. 알고 깜짝 놀랐다. 혹시 당신의 마음이 이런 것이었을까? 이렇게 황량한 것이었나?

전혀 몰랐던 감정을 새롭게 느끼며 나의 세계는 넓어지고 있는 걸까, 좁아지고 있는 걸까? 그건 모르겠다. 다만 나는 당신은 이런 마음이었겠구나 하고 이해한다. 언제나 이해할 수 없는 어떤 부분이 있었는데 이제야 이해하게 된 것 같다. 어느 밤에는 우두커니 깨어 '당신의 마음에는 언제나 이렇게 찬바람이 불었어?' 하고 허공에 대고 물었다. 이 마음을 알게 되다니 나의 세계는 어디로 흘러가고 있는 걸까.

다행인 건 마음이 괴로울 때 '어떤 감정도 영원하지 않다는 걸 잊지 마.' 하고 속삭인다는 것. 내일 아침엔 다른 마음일 거야, 모레 이 시간엔 더 좋은 마음일 거야, 열흘 후엔 이 괴로움을 까맣게 잊게 되겠지. 오늘의 마음이 영원하지 않다는 것, 어쩌면 그것이 구원이다.

나는 언제나 내 마음을 지키고 싶었는데, 지금의 감정들은 흘려보내고 싶다. '되도록 빨리'라며 조급해하지는 않겠다. 다만 '되도록 멀리'라고는 말하고 싶다. 멀리멀리, 흘러가. 나에게는 너무 긴 날들이 남아 있어, 그러니 되도록 멀리. 나는 눈을 감고 많은 것들을 흘려보낼 생각이다. 너무 굳건하려고 애쓰지 않을 거야. 두 주먹을 꼭 쥐지도 말아야지. 대신 더 많이 웃고 가벼워져야지.

인생은 태도가 절반이라고 나는 언제나 생각한다. 다정하고 산뜻하고 우아하고 유머러스하게, 뒤가 없이 깨끗하게. 투명하면 더 좋고. 겨울엔 옷이 무거우니 사람이라도 산뜻해야 밸런스가 맞는다. 겨울적 인간이란 밤이 길고 추운 겨울에도 짓눌리지 않는 산뜻한 사람. 겨울적 인간으로 겨울을 나고 '맞춤 봄' 인간으로 거듭나야지.

어젯밤에는 남몰래 하나의 결심을 했다. 결심을 품고 있자니 마법의 돌을 쥔 것처럼 기분이 좋다. 윙가르디움 레비오우사!

마음을
햇볕 가득한 안뜰로

경주에 왔다. 요즘은 잠이 들기까지 시간이 좀 걸린다. 누워서 잠을 기다리다 보면 쿵쿵 심장 뛰는 소리가 점점 빨라져서 그 소리를 듣다가 불안해진다. 불안이 잠을 쫓아버려서 나는 오른쪽, 왼쪽으로 여러 번 돌아누우며 불안의 의미를 생각한다.

정림이와 경주에 오면서 우리는 점점 날이 서는 우리의 신경에 대해 이야기했다. 나는 마음의 끝을 알고도 그것을 넘어서서 걸어가는 게 진짜 인생인 것 같다고 전날 밤새 뒤척이며 내린 결심을 말해주었다. 갈수록 예민해지는 마음을 어떻게 이해해야 할지 몰라서 우리는 '도대체 어떻게 된 일일까?'라는 말을 몇 번이나 주고받았다. 그렇지만 눈앞에 펼쳐진 풍성한 구름과 눈부신 햇빛, 창을 열면 들어오는 차가운 공기에 우리는 자주 웃고 환호했다.

경주는 곳곳에 볼거리가 많았다. 손님이 우리밖에 없는 와인 바를 찾은 것은 너무나 럭키. 작은 안뜰을 갖고 있는 와인 바에서 등에 내리쬐는 따뜻한 햇볕을 느끼며 우리는 값비싼 와인을 맥주처럼 벌컥벌컥 마셨다. 고요하고 눈부신 한낮의 와인이 우리를 둥글게 감싸주었다. 말 없는 대화가 평화로웠다. 우리는 언제나 서로의 괴로움과 기쁨을 제 것인 것처럼 아파하고 즐거워하며 걸어왔다. 그것은 내 인생에 주어진 너무 큰 축복이다.

정림이가 지금 갖고 있는 고민을 나는 어떻게든 말끔히 해결해 주고 싶은데 인생에는 스스로밖에 해낼 수 없는 부분이 있어서 그것이 너무 안타깝다. 전우치 분신술 같은 재주가 나에게 있다면 뿅 하고 모습을 바꿔 척척 해결해 줄 텐데 그런 재주가 없으니 열심히 응원하는 수밖에 없다.

마음이라는 말을 나는 너무 좋아한다. 마음이라는 말은 반질반질하게 빛이 난다. 어쩌면 마음이 반질반질하게 빛이 나는 것이라 여겨와서 거칠고 모난 마음을 이해하기 힘든 건지도 모르겠다. 어두운 골짜기에서 찬바람을 맞아 이리저리 패여 움푹 들어간 마음, 그런 걸 생각하면 꼭 감싸 안아주고 싶다. 두 손으로 정성스럽게 받아 들고 햇볕 따뜻한 안뜰에 놓아주고 싶다.

지금은 우리의 마음을 안뜰로 옮기려고 노력하는 중이

라고 생각하자. 태양을 옮길 수는 없으니까 우리의 마음을 옮겨야지. 성공하면 좋겠다. 살아가면서 몇 번이고 반복해야 할 그 일을 능숙하게 해낼 수 있는 길이 있다면 알고 싶다. 그러나 각자의 길이 모두 제각각이니 내 길은 내가 찾을 수밖에 없다. 너무 비정해. 그래도 가보자. 정성스럽게 품에 안고 따뜻한 쪽으로 한 발 내딛어 보자. 어떻게 딛어야 할지 모르겠지만 한 발, 어려운 발걸음을 떼본다. 정림이와 마주 앉아서 침묵으로 서로를 위로했던 그 자리, 그때 어깨에 내려앉은 평화롭던 공기.

불안하지 않아서가
아니라

우스운 이야기인데 지난 월요일에 코로나 백신을 맞고 한 동안 잠잠했던 불안이 도졌다. 확신이라고 인식하지 못할 정도로 넘치는 확신으로 30년 넘게, 나는 내 운명의 순조로움을 믿어 의심치 않았다. 뭐가 문제야, 뭐든 다 그럴 만하게 잘 펼쳐질 텐데. 그런 믿음이 너무 당연해서 나는 앞날을 크게 염려하지 않았다. 불안이라니, 그런 단어가 있기는 하지.

남편을 보내고 첫 일 년, 무수히 많은 생각을 했던 그해에 나는 사람은 쉽게 변하지 않는다는 생각을 하고 안도했다. 나라는 사람이 갖고 있는 힘을 믿었다. 두 번째 해를 보내고 세 번째 해를 지나면서 나는 내가 조금씩 변하고 있다는 걸 인정하지 않을 수 없었다.

어떤 불행에도 내가 예외일 수 없다는 걸 경험하고 나자 사소한 일에서도 종종 큰 불안을 느꼈다. 그때마다, 불안의 고비마다 가까스로 마음을 다스리며 불안이라는 것도 인생이 갖고 있는 여러 가지 얼굴 중 하나라는 걸 인정하게 되었다. 인정하고 자연스럽게 받아들이려고 했다. 자연스럽게 받아들이고 나니 오히려 불안이 잦아들었다.

한동안 잠잠했는데 고작 예방주사 하나로 불안이 다시 도지다니. 백신을 맞고 그것도 나흘이나 지난 새벽 네 시에 깨어 우두커니 앉아 있자니 어처구니가 없었다. 불안했다. 너무 불안해서 몸이 다 저리는 것 같았다. 백신 부작용이라는 말이 머리에서 떠나지 않았다. 몇 백만 명 중의 하나, 그런 말도 안 되게 희박한 확률에 나는 당연히 포함되지 않을 거라고 자신할 수가 없었다. 누군가 어이없다는 듯이 웃으면서 '아무것도 아니야. 별걱정을 다 하네.'라고 말해주면 좋겠다고 생각했다. 나약한 인간이 되어버렸네. 꽤 의연해졌다고 생각했는데 다시 뒷걸음질을 친 것 같아 분했다.

그러나 다시 아침이 오고, 늘 그렇듯 나는 그냥 살았다. 이 세계의 일부로 태어났으니 아침이 오면 또 하루를 살아가는 수밖에 없다.

이 세계에서 일어나는 많은 일들을 지극히 자연스럽게 받아들이고 인정하는 사람이 되고 싶다. 그것이 기쁨이든 슬픔이든, 안도든 불안이든, 꽃이 피면 꽃이 피었구나, 비가 오면 비가 오는구나 하는 것처럼, 그리고 꽃이 피었다 지는 것처럼, 비가 반드시 그치는 것처럼 많은 일들이 머물지 않고 지나간다는 것을 위안 삼아 지금의 불안을 이겨낼 수 있는 담담한 사람이 되고 싶다. 불안이 뭔지 몰라서가 아니라, 불안하지 않아서가 아니라 모든 것을 알고도, 모든 것을 바라보면서 싱긋 웃을 수 있는 사람이 되고 싶다.

우리 엄마

남편의 장례를 치르고 나는 엄마 아빠와 다시 함께 살게 되었다. 결혼으로 집을 떠난 지 12년 만이었다. 혼자서는 도저히 엄두가 나지 않았다. 지호와 단둘이라고 생각하니 쓸쓸해서 견딜 수가 없었다. 장례 둘째 날 아침, 나를 장례식장에 데려다 주며 엄마가 말했다. '너는 아무 걱정 말고 지호 생각만 해. 다른 건 뭐든지 엄마가 해줄 테니까. 너랑 지호 위해서 엄마가 뭐든지 다 할 수 있으니까 걱정하지 마.' 엄마는 담담한 목소리로 그렇게 말했다. 나는 너무 눈물이 날 것 같아서 그저 차 앞 유리를 바라보며 '응, 응.' 고개만 끄덕였다. 그때 엄마의 마음은 어땠을까, 시간이 아주 오래 지나서야 그런 생각을 했다. 당시 나는 엄마의 마음까지 헤아릴 여력이 없었다. 나는 오로지 우리 지호, 우리 지호 생각뿐이었다. 나를 남편의 장례식장에 데려다주던 엄마의 마음도 오로지 우리 선희, 우리 선희뿐이었겠지. 엄마가 얼마나 힘들었을까 나중에야 그런 생각이 들었다. 그러나 엄마 아빠는, 언니와 동생은 본인들의 슬픔이나 안타까움을 앞세우지 않았다. 흔들림 없이 나를 지켜주었다. 나는 그 흔들림 없는 사랑 속에서 마구 흔들리며 정신을 차리려고 애썼다. 그렇게 사 년이 흘렀다.

엄마, 아빠와 사는 일은 동아줄 같은 거였다. 붙잡아야 내가 살 수 있었다. 지호를 가족들의 사랑 속에서 키우고 싶었다. 지호에게 쏟아질 가족들의 사랑을 생각하면 안심이 되었다. 자라면서 내가 받았던 사랑을 생각하니 그 사랑을 더욱 포기할 수 없었다. 그 충만한 사랑 속에서 지호의 마음이 조금이라도 채워지기를 바랐다.

시간이 흘러 많은 것들이 익숙해지고 나자 나는 때때로 집이 답답했다. 엄마, 아빠가 늦은 밤까지 틀어놓는 텔레비전 소리가 피곤했다. 늦게 들어가는 날이면 내가 올 때까지 잠도 안 자고 기다리는 엄마가 부담스러웠다. 속옷이 비치는 것 같으니 옷을 갈아입고 나가라는 엄마의 잔소리가 참기 힘들었다. 나는 속으로 나를 배은망덕한 년이라고 생각했다.

엄마는 오랫동안 나의 자부심이었다. 엄마의 천진난만함, 너그러움, 따뜻함 그 모든 게 나의 자부심이었다. '우리 엄마는 말이야' 하면서 누군가에게 소개할 때면 어깨가 으쓱해졌다. 그런데 이상하게 요즘의 나는 엄마의 말을 듣고 있기가 힘들다. 가급적이면 혼자 있고 싶었다. 조금만 아파도 큰일이라도 난 것처럼 초조해하는 엄마가 싫었고, 냉장고에 물건을 쌓아두는 엄마가 싫었다. 경제관념이 없는 것도 싫었고 정치에 열을 올리는 것도 싫었다.

나는 나에게 말을 걸지 말아줬으면 싶을 때는 책을 읽었다. 책을 읽고 있을 땐 엄마가 방해하지 않는다는 걸 알기 때문이었다. 매일이 그런 마음이었던 건 아니지만 시간이 갈수록 이런 마음이 커졌던 건 사실이다. '잘해야지, 아니야 애쓰기 싫어.', '그래도 그러면 안 되지, 아니야 집에서라도 내 마음대로 하고 싶어.' 미안한 마음과 내 멋대로 하고 싶은 마음이 자주 싸웠다.

그러다 어제 지호가 내 방에 와서 재잘재잘 떠드는데 마루에서 텔레비전을 보고 있던 엄마가 똑똑 방문을 두드리고 살짝 열더니 '잔다.' 하고 인사를 했다. 지호와 나는 입을 모아 '잘자아아아.' 하고 인사를 했다. 우리의 목소리는 금방 나눈 이야기의 여운으로 들떠있었을 것이다. 엄마는 우리에게 방해가 될까 봐 방문을 활짝 열지도 못하고 인사를 하고는 돌아섰다. 자려고 누웠는데 갑자기 조금 전 엄마의 옆모습이 생각났다. 언젠가는 엄마와 나도 영영 헤어질 텐데 오늘 본 엄마의 옆모습을 떠올리면 너무 쓸쓸하게 기억

될 것 같았다. 방문을 활짝 열지도 못하고, 슬쩍 들여다보고는 멋쩍은 표정으로 돌아서던 엄마의 쓸쓸한 옆모습 때문에 벌써 후회로 마음이 아파왔다. 그동안 내가 쓸쓸하게 한 엄마의 모습이 하나둘씩 떠올랐다. 밥을 먹으면서도 책을 읽거나 휴대폰을 보던 나와 그런 나를 물끄러미 바라보다 말았을 엄마, 닫힌 내 방문 앞에서 서성였을 엄마, 늦은 시간까지 나를 기다리며 소파에 앉아 있었을 엄마, 몇 번이고 시간을 확인하며 초조했을 엄마.

엄마가 없는 세상에서 엄마를 떠올렸는데 모두 그런 쓸쓸한 모습이라면 견딜 수 없을 것 같았다. 엄마를 쓸쓸하게 내버려 두지 말아야지, 아직은 나에게 엄마를 쓸쓸하게 내버려 두지 않을 기회가 있으니까, 앞으로 그러지 말자는 결심으로 지나간 엄마의 모습을 덮으려 했지만 마음이 아픈 건 여전했다. 오래오래 마음이 아프다 잠이 들었다.

오늘 아침, 엄마는 나보다 먼저 일어나 마루에 앉아있었다. 우리는 매일 아침 서로에게 잘 잤냐고 습관처럼 다정한 인사를 건넨다. 말투는 다정하지만 눈을 마주치고 인사한 지는 오래된 것 같았다. 엄마를 보는데, 엄마는 나를 보고 있었다. 엄마가 아주 오래전부터 나를 기다리고 있었다는 생각이 들었다. 언제나 기다리고 있다는 표현이 더 맞을지도 모르겠다. 나는 엄마와 눈을 맞추고 웃었다. '잘 잤어?' 다정하게 인사를 건네는데 목이 조금 메였다.

오늘부터
다시 시작

오늘은 반달을 보고 '예쁘네.' 생각이 들어 기분이 좋아졌다. 예전엔 눈썹처럼 가느다란 초승달만 좋아했는데 보름달도 기분 좋더니 이제는 이도저도 아닌 반달도 예쁘다.

가을만 좋아했었는데 봄 여름 겨울도 좋아졌고, 이파리 달리지 않은 깨끗하게 흰 벚꽃나무만 좋았는데 연두색 이파리가 얼굴을 내민 벚나무도 좋다. 더 생명 같아.

고양이는 특히 질색이었는데 이제는 어느 정도의 거리에서 물끄러미 바라보며 쟤가 삼색인가 고등어인가 가늠할 정도는 가까워졌다.

많은 것들이 변한다. 지금 내가 적은 것들은 변해서 좋은 것들. 물론 변해서 아쉽거나 마음에 들지 않는 점들도 있다. 그렇지만 나는 변해가는 나를 그냥 나로 인정하기로 했다. 부족한 점도 모자란 점도 모두 '나인가 보다.' 하기로 했다. 내가 변한다는 것 자체가 내가 살아있다는 뜻이니까. 내가 살아있으니까 여름도 좋아지고 겨울도 좋아지고, 고양이를 물끄러미 바라보게도 되고, 불안에 뒤척이고, 누군가를 부러워하고 이마를 찡그리는 거니까. 얼마나 살아있는 일이야.

내가 살아서 이제 달리기도 잘하게 되었고, 이야기도 하고, 눈도 마주치고, 웃기도 잘 웃고 온통 그렇다. 나는 또 시작. 언제든 마음 먹으면 지금부터 시작이다. 달리기를 시작한 지 두 달 정도 되었는데 오늘은 노래 세 곡이 이어지는 동안 달릴 수 있게 된 첫날.

몇 달 전의 나라면 상상도 할 수 없는 일이다. 달리기라니, 어쩌다 달리게 된 나는 몸을 움직이는 일의 즐거움을 알게 되었고 이 즐거움은 다른 것으로 대체되기 어렵다는 것도 배웠다. 달릴 때는 나쁜 생각이 끼어들 틈도 없다. 좋아, 또 새로워졌어. 나는 더 새로워졌다. 오늘부터 다시 시작한다. 또 시작이다.

후회와 멀어지는 법 –
'만약에'는 필요 없어

"세상에는 겪지 않는 게 더 좋은 일들이 있는 것 같지 않아?"
오랜만에 만난 친구가 말했다. 그러면서 친구는 내게 만약
선택이 가능하다면 남편의 죽음을 겪지 않는 쪽을 고르지
않겠느냐고 물었다.

　고민할 것도 없는 너무 당연한 질문이었는데 나는 이상
하게도 말문이 막혀버렸다. 당연하다고, 겪지 않을 수 있다
면 당연히 겪지 않는 쪽을 선택할 거라고 대답할 수 없었
다. 왜지? 왜 이 간단한 질문에 답을 하지 못하는 거지? 스
스로에게 놀라며 속으로 말을 골랐다. 그러다 겨우 '나는
인생이 그렇게 간단한 것이라고 생각하지 않아.'라고 대답
했다. '만약에'는 부질없다.

　'만약에'는 남편을 보내고 나서 내가 가장 버리기 힘든

말이었다. 만약에 그때, 만약에 그날, 만약에 내가…….

'만약에'는 오랫동안 나를 괴롭혔다. '만약에 그랬더라면' 이후의 일을 상상하는 것은 더 엄두가 나지 않았다. 나는 버티기 위해 하나씩, 하나씩 '만약에'를 지워나가야 했다. '만약에'로 되돌릴 수 있는 일이 아무것도 없어서, 후회의 굴레를 둘러쓰고만 있을 수는 없어서 나는 그 말을 버렸다.

그런데 친구가 '만약에' 선택할 수 있다면 겪지 않는 쪽을 선택하지 않겠느냐고 물었다. 그 질문은 나를 순식간에 4년 전 그 자리로 돌아가게 했다. 텔레비전 리모컨의 되감기 버튼이라도 누른 것처럼 온 힘을 다해 통과해 온 길을 반대로 거슬러 올라가는 기분이 들었다. '만약에'를 상상해야 했으니까. 무기력했다. 대답할 수 없었다. 쉽게 대답하기에는 내가 너무 안간힘을 다해 그 시간들을 지나왔다는 걸 알았다. 어떤 일들은 간단히 말해질 수 없고 '만약에'는 부질없구나 그런 걸 배웠다.

'만약에'는 우리를 후회의 순간에 붙들어 둔다. 그러지 말걸, 이렇게 할걸. 그러니 후회에서 멀어지려면 '만약에'를 버려야 한다. 나는 그 말을 버리고 후회는 후회로 남겨 둔 채 그 순간들에서 돌아서는 방법을 선택했었다. 그리고 매일을 살았다. 그랬더니 뒤에 두고 온 후회와 조금씩 멀어졌다. 그러나 지금도 후회하지 않는다고 말할 수는 없다.

다만 후회를 현재진행형으로 데리고 다니지 않을 뿐이다. 걸어온 어느 곳엔가 후회를 놓아두었다. 같은 순간을 곱씹으며 그럴 걸, 이럴 걸 나를 탓하기에는 내 인생이 너무 한 번뿐이니까.

남편의 죽음으로 나는 그것을 알게 되었다. 두 번은 없어. 우리 인생은 너무 한 번뿐이다. 그러니 귀하지 않을 수 없다. '내 인생은 귀해.'라고 말할 때 내가 잃은 또 다른 인생이 떠올라 말할 수 없이 마음이 쓰리다. 그래도, 그래서 더 귀하다는 걸 알게 되었다.

어제, 오늘, 내일을 후회로 채우기엔 놓치기 아까운 것들이 너무 많다. 해가 뜨고 바람이 불고 달이 빛난다. 꽃이 핀다. 나는 후회를 하느라 그것들을 놓치고 싶지 않다. 무엇이든 지금 좋은 것을 좋은 그대로 느끼고 싶다. 이것이 지금 내 진짜 마음이다. '만약에'를 버리고 얻은 '지금'의 내 진짜 마음.

그러니 누구라도 '만약에'를 버리고 후회와 멀어지면 좋겠다. 지금을 손에 넣었으면 좋겠다. 2월이 시작되었고 목련나무에 새순이 돋았다.

세계의 약속
世界の 約束

涙(なみだ)の 奥(おく)に ゆらぐ ほほえみは

눈물 속에서 흔들리는 미소는

時(とき)の 始(はじ)めからの 世界(せかい)の 約束(やくそく)

시간이 시작되면서부터 존재하던 세상의 약속

いまは 一人(ひとり)でも 二人(ふたり)の 昨日(きのう)から

지금은 혼자라도 두 사람의 어제로부터 생겨나서

今日(きょう)は 生(う)まれ きらめく

오늘이 반짝여

初(はじ)めて 會(あ)つた 日(ひ)のように

처음 만났던 날처럼

思(おも)い出(で)の うちに あなたは いない

당신은 추억 속에 없어

そよかぜと なって 頬(ほほ)に 觸(ふ)れてくる

산들바람이 되어 뺨에 스치지

오사카에서 살 때도 오사카에서 돌아오고 나서도 우리는 일본 애니메이션을 함께 보는 걸 좋아했다. 며칠 전 저녁 운동을 하고 들어오는데, 아파트 현관에 들어서자마자 랜덤으로 재생되던 음악 리스트에서 이 곡이 흘러나왔다.

남편은 〈하울의 움직이는 성〉을 좋아해서 몇 번이나 보고 또 봤다. 다다미방에서 베란다 문을 활짝 열어두고 셋이 나란히 앉아 영화를 보던 저녁이 떠올랐다. 집으로 올라갈 수 없어서 다시 밖으로 나와 길에 서서 이 노래를 끝까지 들었다.

'추억 속에는 당신이 없어.(思い出のうちにあなたはいない)'라는 가사를 듣고 왜 추억 속에 당신이 없지 의아했는데 그 뒤에 이어지는 노랫말이 알려주었다.

추억 속에 있는 것이 아니라 산들바람이 되어서 지금도 내 뺨을 스치고 있는 것이라고, 사라진 것이 아니라고. 시냇물의 노랫소리에, 하늘의 빛깔에, 꽃의 향기 속에 언제까지나 살아있는 것이라고.

그것이 세계가 처음 시작될 때 한 약속이라면 죽음은 끝이 아니다. 산들바람이 되고 시냇물이 되고 꽃향기가 되어 이 세계를 누빌 당신을 생각하니 눈이 부시다. 나의 죽음도 다를 바 없어서 두렵지 않다는 생각이 들었다. 훨훨 날아다니다가 시냇물이 되어 흐르다가, 꽃으로도 피어야지 상상하니 자유롭고 아름다웠다.

그것이 세계가 처음부터 우리에게 내건 약속이라면 머리칼을 흐트러트리는 바람이 되어서 안녕, 안녕 인사를 건네며 웃고 싶다.

여보 우리, 바람 소리, 빗소리, 천둥소리가 되어서, 물들어 가는 나뭇잎, 저물어 가는 노을이 되어서 어디서든 다시 만나자. 꼭 만나자. 언제든 기쁘게 기다릴게.

여보 우리, 바람 소리, 빗소리, 물들어가는 나뭇잎,

저물어 가는 노을이 되어서 어디서든 다시 만나자.

꼭 만나자.

매일 아침 여섯 시,
일기를 씁니다

초판 1쇄 인쇄 2023년 1월 2일
초판 1쇄 발행 2023년 1월 8일

지은이 박선희

교정 이미경

펴낸이 김명숙
펴낸곳 나무발전소

주소 03900 서울시 마포구 독막로 8길 31, 701호
이메일 tpowerstation@hanmail.net
전화 02)333-1967
팩스 02)6499-1967

ISBN 979-11-86536-88-9 03810

※ 이 도서는 한국출판문화산업진흥원의 '2022년 중소출판사 출판콘텐츠
　 창작 지원 사업'의 일환으로 국민체육진흥기금을 지원받아 제작되었습니다.